19.80

Angelika Aliti

Kein Bock auf Ziegen

Angelika Aliti

Kein Bock auf Ziegen

Offensive Krimi

Frauenoffensive

1. Auflage, 1998

(Metzstr. 14, 81667 München)

ISBN 3-88104-310-1

Druck: Clausen & Bosse, Leck
Umschlaggestaltung: Erasmi & Stein, München
unter Verwendung eines Fotos von Roswitha Pross

Dieses Buch ist gedruckt auf Papier aus chlorfrei gebleichtem Zellstoff.

Die Personen

Die Schwarze Witwe
Nina, die Hausamazone
die weise Frieda

und

der Abt von Mariahilf
Thaddäus Ziguri, Pfarrer von St. Peter
Gerhard Zibuschka, Leiter der Bankfiliale in St. Peter
Lydia Rosen, Wirtin im Gasthof Rosen
Gottlieb Buchrieser, Wirt im Gasthof Buchrieser
Brigitte Anderle, Kriminalkommissarin aus Wien
die Jugendlichen Chantal, Nicole, Jeannine und Kevin
und viele andere

1

Samstagnacht. Disconacht. Auf der Landstraße, die von St. Peter nach Dietersdorf führt. Die junge Frau auf dem Beifahrersitz in dem kleinen roten Auto starb offenbar noch an der Unfallstelle. Als die Gendarmerie eintraf, fehlte von dem Fahrer jede Spur. Auch nach Tagen hatte die Polizei keinen Schimmer, wer den Wagen gefahren haben könnte, denn er gehörte dem toten Mädchen. Eine Woche nach dem Unfall wurde es zu Grabe getragen. St. Peter bebte von Glockenklängen, und während das halbe Dorf an diesem frühen Samstagnachmittag in die Kirche ging, wurde im Gasthaus Rosen der hintere Saal für den Leichenschmaus hergerichtet.

Vorn im Gastraum saßen die Schwarze Witwe und ihre Hausamazone und Gefährtin Nina bei einem Glas Weißburgunder. Unter ihrem Tisch lagen Klara, ihre alte Hündin, und Kurti, ein jugoslawischer Wirtschaftsflüchtling, der seit kurzem zum Haushalt gehörte. Die beiden hofften auf weitergehende Bestellungen der Damen, wobei ihnen Schnitzel und Tafelspitz vorschwebten oder wenigstens Berner Speckwürstel, sie aber durchaus damit rechneten, lauwarme Pommes frites heruntergereicht zu bekommen.

„Armes Mädchen“, sagte Nina. „Sie hatte ihr ganzes Leben noch vor sich.“

„Kannst du es noch platter sagen?“ Die Schwarze Witwe winkte der vorbeieilenden Lydia Rosen um ein weiteres Achtel.

„Was würdest du denn sagen, wenn ich so jämmerlich an einem Baum geendet wäre?“ ereiferte sich Nina.

„Frauen wie du enden nicht an einem Straßenbaum“, sagte die Schwarze Witwe. „Frauen wie du sind die Sonne und der Trost meines Alters und leben ewig.“

Nina lachte.

„Außerdem – wenn eine von uns beiden stirbt, ist das noch lange kein Grund zur Traurigkeit. Dann zieh ich nach Stuttgart“, setzte die Witwe das Thema fort.

„Dort möchte ich nicht mal tot überm Zaun hängen“, gab Nina zurück.

„Mein Beileid“, sagte eine Stimme hinter ihnen.

Überrascht drehte die Schwarze Witwe sich um und musterte die hagere asketische Gestalt eines Priesters, der sie aus glastoten Augen anstarrte. „Was haben Sie gegen Stuttgart?“ Sie grinste und fragte sich, wer ihr Gegenüber sein mochte.

„Verzeihen Sie. Ich wollte mich nicht in Ihr Gespräch mischen“, erwiderte der Gottesmann steif. Möglicherweise handelte es sich um eine Verbeugung, als sein Oberkörper sich einige Zentimenter vorwärts bewegte.

„Ich wollte Ihnen zu dem tragischen Todesfall in Ihrer Familie kondolieren, da ich nicht weiß, ob ich an den Trauerfeierlichkeiten teilnehmen kann. Termine, Sie verstehen“, sagte er.

„Aber Herr Pfarrer“, warf Nina ein. „Außer der Leiche sind Sie doch der Wichtigste bei dem Ereignis.“

Der Mann blickte verwirrt auf die junge Frau. „Ich bin nicht der Pfarrer von St. Peter.“ Kurzfristig war er aus der Sicherheit seiner Soutane katapultiert. „Ja, wissen Sie das denn nicht?“

„Bedaure“, erwiderte die Witwe. „Das wissen wir in der Tat nicht. Wir gehen nicht in St. Peter in die Kirche.“ Als sie in das verständnislose Gesicht des Mannes blickte, hatte sie das dringende Bedürfnis, Grundsätzliches klarzustellen. „Genaugenommen gehen wir nirgendwo in die Kirche. Außerdem gehören wir nicht zu den Leidtragenden. Wir sitzen hier zufällig und trinken ein Gläschen."

„O pardon", entschuldigte sich der Mann irritiert. „Es ist nur, weil Sie Schwarz tragen." Er trat zwei Schritte zurück. „Verzeihung", sagte er noch einmal. Als er davoneilte, lag auf seinen Wangen ein leichter Hauch von Rot.

„Siehst du?" sagte Nina. „Warum kannst du nicht auch mal eine nette Farbe tragen. Altrosa zum Beispiel."

„Schwarz paßt immer", erklärte die Schwarze Witwe ihre Bekleidungsgewohnheiten.

„Ja, aber auf Schwarz sieht man auch alles." Nina fegte ein imaginäres Stäubchen von der Witwe Schulter.

Die Witwe wehrte Ninas Hausfrauenattacke ab und blickte in Erwartung des Weißburgunders um sich.

„Wer war das?" erkundigte sie sich bei Lydia Rosen, als diese endlich zwei frische Achtel auf den Tisch stellte.

„Das war der Abt vom Stift Mariahilf", erwiderte Lydia und amüsierte sich wieder einmal über die Unwissenheit der beiden.

„Mariahilf", überlegte die Schwarze. „Ist das nicht das Kloster bei Graz?"

„Richtig", bestätigte Lydia. „Dominikaner."

„Was?" rief die Witwe. „Dominikaner? Hier bei uns? Pfui Teufel."

„Was hast du gegen Dominikaner?" wollte Nina wissen.

„Die waren im Klerus mal das, was der Pitbullterrier unter den Hunden ist." Die Schwarze Witwe blickte in zwei leere Gesichter. „Keine Beißhemmung", fügte sie erklärend hinzu.

„Was soll das denn heißen?" fragte Lydia Rosen.

„Sie waren die führenden Inquistioren in den Zeiten der Hexenmorde." Die Witwe schnaubte, als wäre es gestern gewesen. „Es mag ein wenig nachtragend erscheinen, aber ich kann weder vergessen noch verzeihen. So bin ich nun mal."

„Und was macht der hohe Klerus hier hinter den sieben Bergen in St. Peter, das sogar Rapunzel und Aschenputtel zu abgelegen ist?" fragte Nina.

Lydia hob die Achseln. „Zur Familie der armen Veronika Rauch gehört er jedenfalls nicht.", sagte sie.

„Und woher weißt du, daß er der Abt des Klosters ist?" wollte Nina weiter wissen.

Lydia lachte. „Das weiß doch jeder, der katholisch ist in der Steiermark", sagte sie.

„Jeder und jede außer uns", stellte die Schwarze Witwe fest und nahm einen kleinen Schluck Weißburgunder.

Die junge Gastwirtin lachte wieder. „Er war erst vor kurzem im Fernsehen."

„Verstehe", sagte die Schwarze. „Lydia, bring uns bitte die Speisekarte. Wir wollen essen."

Als Lydia wenig später mit der Bestellung Richtung Küche abgezogen war, nahm die Schwarze Witwe den Gesprächsfaden wieder auf.

„Findest du es nicht auch zumindest interessant, daß ein Klosterabt sich zur Beerdigung einer Toten aus der unvermeidlichen Disconacht verirrt?" sinnierte sie. „Ausgerechnet nach St. Peter ans Ende der Welt?"

„Wenn es denn so ist, finde ich es sogar ziemlich seltsam", sagte Nina. „Aber ich gehe davon aus, daß es für diesen Umstand eine ganz normale Erklärung gibt."

„Zum Beispiel?"

Nina überlegte. „Also gut", gab sie zu. „Mir fällt nichts Plausibles ein. Vielleicht war er zufällig in der Gegend."

„Und kommt zufällig vorbei, um zu kondolieren?"

„Auch Christen können nett und menschenfreundlich sein", erwiderte Nina.

„Vielleicht ist er auch nur vorbeigekommen, um nachzuschauen, ob sie auch wirklich tot ist", schlug die Witwe mit dem ihr eigenen Humor vor.

In der sich anschließenden Stille war nur zu hören, wie sich Klara unter dem Tisch auf der Suche nach Flöhen heftig am Hals kratzte.

„O nein", sagte Nina. „Nicht schon wieder."

„Ich weiß gar nicht, was du hast", antwortete die Witwe. „Ich denke doch nur über eine kleine, aber merkwürdige Begegnung nach. Und was meinst du überhaupt mit ‚nicht schon wieder'? Das letztemal, daß wir tätig wurden, liegt doch schon eine Zeitlang zurück."

„Ich kenne dich", sagte Nina.

„Na und?" gab die Witwe zurück.

„Und wie kommst du überhaupt darauf, daß es nicht einfach nur ein Autounfall war, der übliche Samstagnachtdiscounfall?" fragte Nina.

„Wie kommst du darauf, daß ich glauben könnte, es wäre kein normaler Autounfall?"

„Ich kenne dich", wiederholte Nina. „Du bist für mich wie ein aufgeschlagenes Buch."

Die Schwarze Witwe lachte. „Erzähl mir bloß nicht das Ende", meinte sie. „Ich will es selbst herausfinden."

„Weib", sagte Nina. „Du kannst dich wohl nie heraushalten."

„Nein", entgegnete die Schwarze. „Das konnte ich in der Tat noch nie."

2

Die junge Frau schlich barfuß den langen dunklen Gang entlang und hielt sich die blutende Nase. Sie trug ein zerknittertes, schmutziges Nonnengewand. Ihren kurzgeschorenen Kopf hatte sie zwischen die Schultern gezogen, als müßte sie ihn vor irgend etwas von oben schützen. Tränen liefen über ihr Gesicht, als sie an verschlossenen Türen rüttelte, die keinen Ausweg boten. Verzweifelt blickte sie aus einem der kleinen Fenster auf einen gepflasterten Innenhof. Ein Mönch in brauner Kutte überquerte langsam den Hof und verschwand hinter einer niedrigen Holztür. Die junge Frau riß den Mund auf und schrie, aber kein Ton war zu hören.

Mit einem Ruck fuhr Nina aus ihrem Traum und setzte sich im Bett auf. Die Schwarze Witwe brummte verschlafen und drehte sich auf den Bauch.

Nina stand auf, um ihrer wachsenden Unruhe begegnen zu können.

„Was ist denn?“ brachte die Schwarze Witwe hervor.

„Ich hatte schon wieder diesen seltsamen Traum“, sagte Nina und stieg in ihre Jeans.

„Den von der Nonne?“ Die Witwe öffnete ein Auge.

„Genau den.“ Nina zog ihren Pullover an.

„Warum schläfst du nicht einfach wie andere Leute auch“, murmelte die Witwe schlaftrunken.

„Irgend etwas hat das zu bedeuten“, sagte Nina, die nicht zugehört hatte, sondern auf ihr inneres Erleben konzentriert blieb.

„Klar", sagte die Schwarze Witwe. „Es bedeutet, daß du Alpträume hast."

„Nein, nein", widersprach Nina. „Ein Alptraum ist das nicht. Es ist vollkommen realistisch. Es ist eher so, als ob ich durch ein Fenster in eine andere Wirklichkeit schaue. Ich kann diese Wirklichkeit nicht nur sehen, sondern fühlen und riechen. Ich beobachte die verzweifelte Nonne und weiß, daß es kein Traum ist. Nur ist es wie aus einer anderen Zeit, als wäre alles schon lange vergangen. Zumindest kann ich die Frau nicht erreichen und ihr auch nicht helfen. Ich kann sie nur beobachten."

„Vielleicht eine unerlöste Seele", schlug die Schwarze Witwe vor. „Ein Geist, ein Dibbukk, was weiß denn ich."

„Seit wann ist Esoterik dein Gebiet?" fragte Nina. „Solche Erscheinungen sind doch vollkommen anders, sie lassen einen Traum nicht wie Wirklichkeit erscheinen. Nein, es ist wie der unfreiwillige Anblick fremden Lebens."

„Ach laß mich mit deinen Träumen in Ruh", entgegnete die Schwarze. „Alles, was mich zur Zeit interessiert, ist, wann wir den Ziegenstall bauen. Ich bin gestern beim Einfalt vorbeigefahren, und er hat mich gefragt, wann wir endlich die Tiere holen."

„Wie kann ein Mensch Einfalt heißen?" sinnierte Nina.

„Nur komisch, daß in diesem Fall Nomen Omen ist." Die Schwarze grinste. „Jedenfalls sollten wir keine Zeit verlieren, denn die drei Ziegen stehen auf zwei Quadratmetern in einem dunklen Stall zusammengepfercht. Je eher wir sie da herausholen, um so besser."

„Oh", sagte Nina und ging auf und ab. „Ich wußte nicht, daß es so dringend ist. Unter diesen Umständen fangen wir am besten gleich morgen früh an." Sie setzte sich wieder aufs Bett. „Den Platz habe ich in einer halben Stunde ausgemessen. Wenn ich Glück habe, hat der Baggerführer morgen am späten Nachmittag ein Stündchen Zeit. Übermorgen haben wir das Fundament gegossen."

„Wie lange werden wir brauchen?"

„Ich denke, in zwei Wochen steht der Stall so, daß die Ziegen hineinkönnen. Zumindest wenn das Wetter hält, so daß der Bau nicht mehr völlig naß ist. Die Feinarbeiten und das Verputzen folgen sowieso erst später."

„Das klingt gut." Die Schwarze Witwe rollte sich noch einmal in ihre Schlafhaltung. „Morgen also." Sie seufzte tief auf. „Jetzt zieh deine Hose aus und komm schlafen."

„Ich bin nicht müde", widersprach Nina.

„Dann komm und schenk mir nächtlichen Trost und Beistand." Die Schwarze öffnete ihre Arme.

„Ich weiß gar nicht, ob ich überhaupt Bock auf Ziegen habe", sagte Nina, als sie sich ins Bett begab.

„Kann ich verstehen", erwiderte die Witwe. „Nach meinem Geschmack gehört überhaupt kein Bock auf überhaupt keine Ziegen."

„Was?"

„Ach nichts. Schlaf jetzt."

Nina wußte, daß die Nonne auf sie wartete, sobald sie die Augen schloß. Darum beschloß sie, nicht wieder einzuschlafen, sondern ruhig und entspannt die Dämmerung zu erwarten. *Morgen früh besuche ich Frieda und frage sie, ob sie uns hilft, den Tod der Veronika Rauch zu untersuchen,* dachte sie. *Die Schwarze Witwe wird keine Ruhe geben, bis sie den Fahrer des Wagens gefunden hat. Vielleicht kann Frieda mit ihren Talenten die Sache beschleunigen.* Sie hielt die Augen offen und baute im Geist den kleinen Ziegenstall in den Hang, während sie die Hand der wieder eingeschlafenen Witwe hielt. Solchermaßen sich in der klaren und rechteckigen Realität einer Baustelle haltend, wußte sie dennoch, daß in diesem Augenblick der Mönch wieder hinter der Holztür hervorgekommen war und den gepflasterten Innenhof überquerte.

Ich möchte wissen, warum mir diese Frau erscheint. Was will sie von mir? Warum wendet sie sich ausgerechnet an mich?

Nina Lauffen war sich ihrer medialen Kräfte sicher und bewußt, seit sie vor einigen Jahren der Schwarzen Witwe begegnet war, die damals eine psychotherapeutische Praxis in Wien betrieb. Seither war ihr klar, daß es sich nicht um eine Krankheit, sondern um eine Fähigkeit handelte, die sie dazu brachte, Zusammenhänge zu erkennen, Erinnerungen zurückzuholen und Vorausblicke zu haben, und das nicht nur in bezug auf ihr eigenes Leben, sondern auch auf andere Menschen, Orte und Begebenheiten.

Als sie sich über die tief und regelmäßig atmende Schwarze Witwe beugte, um ihr die Decke über die Schultern zu ziehen, bemerkte sie einen kleinen dunklen Fleck unterhalb ihres rechten Nasenlochs. Sie griff hin und sah, daß es hellrotes Blut war. In einer unbewußten Reaktion wehrte die Schwarze Witwe Ninas Hand ab und wischte sich das Blut über das Gesicht. Wie eine offene Wunde zog das Rot einen Strich durch ihre rechte Gesichtshälfte.

3

Der Sonnenaufgang über den Hügeln der Südoststeiermark tauchte den Himmel in ein sehnsuchtsvolles rot-rosa Licht. Wie ein helles Meer hing der Bodennebel in den Tälern, die Hügelspitzen ragten wie kleine verwunschene grüne Inseln heraus. Frieda saß unbeweglich auf ihrer Hügelspitze und wohnte gedankenverloren dem kosmischen Schauspiel bei. Ihr früher wild zerrauftes eisgraues Haar war kurzgeschnitten. Die Füße steckten in hellen weichen Lederstiefeln, die ihr die Witwe geschenkt hatte.

Das rostrote Lieblingskleid trug sie, zwei Jahre, nachdem sie an dem Peiniger ihrer Jugendjahre tödliche Rache genommen hatte, immer noch. Aber darüber hatte sie eine wattierte Jacke gezogen, die sie vor den niedrigen morgendlichen Temperaturen Anfang Mai schützte. Mit Hilfe der therapeutischen Arbeit der Schwarzen Witwe hatte ihr Körper die Unempfindlichkeit gegen Hitze und Kälte verloren.

„Nina", sagte sie jetzt. „Du kannst hinter dem Hollerbusch hervorkommen. Ich weiß, daß du da bist."

„Woran hast du es diesmal gemerkt?"

„Ich habe dich schon von weitem gehört", antwortete Frieda. „Du bist immer noch zu laut. Wie ein Pferd trampelst du durch den Wald." Sie wieherte leise vor sich hin. „Mindestens ein Haflinger."

Nina setzte sich neben die alte Frau und legte den Arm um sie. „Wie geht es dir, Frieda?"

„Mir geht's gut", sagte Frieda. „Brauchst du was?"

„Ja", erwiderte Nina. „Die Schwarze hat sich in den Kopf gesetzt, daß mit einem Todesfall mal wieder was nicht stimmt."

Frieda lachte leise.

„Glaubst du, daß du uns behilflich sein könntest?" fragte Nina.

„Ja, natürlich." Frieda stand auf. Sie winkte ihrer unsichtbaren Schar Zwerge, ihr zu folgen, bevor sie sich umwandte und auf ihr kleines altes Haus zuging.

„Komm heute abend bei uns vorbei", rief Nina ihr nach.

Frieda nickte.
„So gegen acht."
Nochmals nickte Frieda.
„Und laß die Zwerge daheim."
„Haa!" schrie Frieda. „Denen gefällt es sowieso nicht bei euch. Zu viele Hunde." Sie ging ins Haus und warf die Tür laut hinter sich ins Schloß.

Nina lief durch den Wald zurück zum Hof. Während die Schwarze Witwe immer noch schlief, stieg sie in den kleinen gelben Nissan und fuhr Richtung Feldbach, um im dortigen Buchladen in medizinischen Lexika nach Erklärungen für plötzliches Nasenbluten zu suchen. Die, die sie fand, waren entweder nichtssagend oder alarmierend. Sie beschloß, der Hypochondrie der Schwarzen Witwe keinen Vorschub zu leisten und das rätselhafte Nasenbluten nicht zu erwähnen, bis sie eine Erklärung gefunden hatte. Ihre Besorgnis hatte sich jedoch nicht gelegt.

4

Drei Tage später. Frieda stand eng an die Wand des kleinen Hauses gelehnt, in dem Veronika Rauch bis zu ihrem frühen Tod gelebt hatte. Ihr Schatten verschmolz in der Dunkelheit mit dem Haus. Das öffentliche Leben in St. Peter war zu diesem Zeitpunkt, kurz vor Mitternacht, auf seinem Tiefstand angekommen, nicht einmal der Dorfsäufer Leber war unterwegs. Frieda wußte nicht genau, was die Schwarze Witwe sich davon erhoffte, daß sie in das Zimmer des Mädchens einstieg, aber sie fühlte sich ihr wie auch Nina verpflichtet. Die beiden hatten vor zwei

Jahren nicht unerheblich dazu beigetragen, daß ihr zerstörtes Leben wieder halbwegs erträglich wurde.

Als sie die Hintertür mit einem kleinen Ruck öffnete, bewegte sie sich so leise, daß niemand der im Hause Schlafenden etwas hörte. Ebenso lautlos glitt sie hinein.

Unweit des Hauses war ein weiterer Schatten beinahe nicht auszumachen. Ein Beobachter hätte die Anwesenheit eines Lebewesens höchstens daran feststellen können, daß der Schatten, den die Tuje im Garten warf, etwas breiter als der Baum war. *Diesmal war ich leise genug,* dachte Nina und lachte lautlos vor sich hin. *Du hast mich nicht bemerkt, Frieda.* Zufrieden machte sie sich auf den Heimweg.

5

„Wir werden sehen, was sich damit anfangen läßt." Die Schwarze Witwe betrachtete den roten Pullover, den Frieda aus dem Hause der jungen Toten mitgebracht hatte. „Hast du denn nichts gefunden, was uns ein wenig erhellen könnte, wer Veronika Rauch war und wie sie gelebt hat?" fragte sie enttäuscht.

Frieda grinste und griff in die Seitentasche ihrer alten, abgetragenen Jacke.

„Aber ja", sagte sie stolz und hielt der Schwarzen Witwe ein schwarzes Büchlein mit leuchtend roten Ecken und Rücken entgegen.

Die Schwarze Witwe nahm das Buch und schlug es auf. Dann pfiff sie durch die Zähne. „Bingo."

„Was ist denn?" fragte Nina.

„Sieht aus, als hätten wir Veronikas Tagebuch gefunden", erwiderte die Schwarze Witwe.

„Wieso hat die Polizei das nicht mitgenommen?" wunderte sich Nina.

„Weil sie den Fall als simplen Autounfall behandelt", sagte die Witwe. „In einem solchen Fall gibt es nichts zu untersuchen."

„Schau mal", sagte Nina ganz gerührt und wies auf die erste Seite. „Ein Poesiealbum." Sie lächelte versonnen und zeigte auf den Spruch auf der ersten Seite, geschrieben in ungelenker Kinderschrift:

Mach es wie die Sonnenuhr.
Zähl die schönen Stunden nur.

„Grundgütige Mutter", sagte die Schwarze Witwe. „Verblöden sie die Kinder noch immer mit denselben trivialen Sprüchen wie zu meinen Zeiten?"

„Ist doch rührend", erwiderte Nina. „Ich hatte auch ein Poesiealbum. Alle Kinder in meiner Klasse haben etwas hineingeschrieben."

„Sei froh, daß ich dich damals noch nicht kannte", brummte die Witwe. „Ich hätte dir schon was Passendes hineingeschrieben."

„Was denn?"

„Was weiß ich. Vielleicht *In meinem Zimmer rußt der Ofen. In meinem Herzen ruhst nur du.*"

„Ja, oder wie wäre es hiermit", machte Nina weiter. *„Schöne Frauen sind teuer, schöne Pferde sind teuer. Aber nimm lieber Pferde, die sind treuer."*

„Ich war dir immer treu", widersprach die Witwe.

„Jedenfalls immer dann, wenn ich hingeschaut habe", schränkte Nina ein.

„Sie trampelt wie ein Pferd durch den Wald", sagte Frieda und sah Nina an wie eine resignierte Lehrerin eine hoffnungslose Schülerin. „Ein schönes Pferd", setzte sie hinzu.

Nina lächelte rätselhaft und schwieg. *Vor Veronikas Haus hast du mich nicht bemerkt,* dachte sie heiter.

Die Schwarze Witwe beschloß, daß sie wie immer nicht verpflichtet war, den Sinn von Friedas Bemerkungen zu verstehen. Frieda lebte in mehreren Welten gleichzeitig, und nicht immer konnte die Schwarze Witwe erkennen, in welcher Welt sie sich gerade befand.

Durch einen abwesenden Blick gab die Schwarze Witwe zu verstehen, daß sie gern allein wäre. Nina, die seit sieben Jahren mit ihr zusammenlebte, verstand sofort und stand auf. Sie klopfte Frieda leicht auf den Arm und bedeutete ihr zu folgen.

Während Nina im Flur in ihre schwarzen verdreckten Gummistiefel stieg, um am zukünftigen Ziegenstall weiterzubauen, zog sich die Witwe in die Küche zurück, um in Ruhe Friedas Beute zu begutachten.

„Wenn du dich das nächstemal hinter einer Tuje versteckst, dann sorge dafür, daß dein Schatten nicht breiter ist als der Baum", hörte sie Frieda noch sagen, bevor Ninas Zornesschrei über den Hügel hallte. Behutsam schlug sie die erste Seite des Tagebuchs auf. Dann schenkte sie sich Kaffee aus der dickbauchigen Kanne mit der abgeschlagenen Tülle nach und nahm sich einen von Friedas Keksen, die immer ein wenig nach Mottenkugeln schmeckten.

In schulsteifer Kinderschrift hatte Veronika ihren Alltag festgehalten. Anfänglich war das Heft tatsächlich als Poesiealbum benutzt worden. Sie sah ein paar entsprechende Eintragungen, mit kindlich gemalten Sonnenblumen und Herzchen verziert. Weiterblätternd entdeckte sie die erwachsener werdende Veronika: Klagen über Übergewicht, Ängste in bezug auf den Schulabschluß, Ärger mit der besten Freundin, Bewerbungen auf der Jobsuche. *Das ganz normale Tagebuch eines ganz normalen jungen Mädchens,* dachte sie enttäuscht. Nichts, das darauf hinwies, daß ihr Tod mehr als nur ein Autounfall war. Noch einmal blätterte sie das Heftchen von hinten nach vorn durch, als ein Foto herausfiel. Neugierig nahm sie es in die Hand.

Es zeigte einen Mann mittleren Alters, der dennoch eher unreif aussah. Blondes kurzgeschnittenes, brav gekämmtes Haar, eine kleine böhmische Kartoffelnase, helle Augen, ganz und gar kein schöner Mann. Es war der Ausdruck seiner Augen, der die Schwarze Witwe stutzen ließ. Sie blickten nicht nur ein wenig einfältig, sondern so, wie sie es nur einmal in ihrem Leben gesehen hatte. *Woher kenne ich diesen sonderbaren Blick,* überlegte sie. *Schon einmal habe ich in solche Augen gesehen. Und das war keine erfreuliche Situation.*

Sie legte das Bild beiseite und stand auf. Ratlos nahm sie den roten Pullover wieder in die Hand. *Wahrscheinlich habe ich mich getäuscht,* dachte sie. *Da ist gar nichts. Kein Anhaltspunkt. Ich bin ein Opfer meiner eingefahrenen Denkmuster.* Sie seufzte und trank den letzten Schluck Kaffee, bevor sie sich daran machte, das Abendessen vorzubereiten.

„Wenn sie kocht, darfst du sie nicht stören", sagte Nina nach einem Blick durch das Fenster ins Innere des Hauses und hielt Frieda zurück, die auf dem Weg in die Küche war.

„Wieso?" Frieda gab ihr Vorhaben nur ungern auf.

„Das ist ihre Art der Meditation", erklärte Nina. „Außerdem sagt sie, daß Kochen ihr mal das Leben gerettet hat."

„Wäre sie sonst verhungert?“ fragte Frieda.

„Nein, es ging ihr seelisch sehr schlecht“, erklärte Nina. „Und durch das tägliche konzentrierte und sorgfältige Kochen hat sie es geschafft, nicht durchzudrehen, sagt sie.“

„Ich bin auch schon mal durchgedreht“, sagte Frieda.

„Das weiß ich doch“, erwiderte Nina. „Ich möchte die sehen, die nicht irgendwann in ihrem Leben das Gefühl hat, daß sie gleich durchdreht, wenn es so weitergeht.“

„Wenn was so weitergeht?“ fragte Frieda.

„Na, das übliche Leben mit den üblichen Lebensaussichten. Schule, Berufsausbildung, Jobsuche, Mannsuche, Kinderkriegen, Alterskrise, Friedhof. Das Übliche eben. Dazu der ganze patriarchale Männerwahnsinn. “

„Drehen die auch durch?“ erkundigte sich Frieda.

„Die kommen schon durchgeknallt auf die Welt“, sagte Nina. „Schau dich doch um, Frieda. Schau dir diese häßlichen Politiker an. Schau dir die Firmenbosse an. Oder die Familiengockel. Oder Männer, die ihre Frauen erschießen, wenn die sich scheiden lassen wollen. Die waren alle einmal herzige kleine Babies, geliebt und umsorgt von ihren Müttern. Die Trottel mit ihren Handys, die Organspender auf ihren Motorrädern, ach, ich könnte endlos aufzählen.“

„Ich bin froh, daß ich eine Tochter habe und keinen Sohn“, sagte Frieda düster.

„Ich bin froh, daß ich keine Kinder habe“, sagte Nina.

„Einen Mann hast du auch nicht“, ergänzte Frieda.

„Du auch nicht, Frieda. Deshalb geht es uns ja so gut. Ich habe die Schwarze Witwe. Das ist auch nicht immer ganz einfach.“

„Wer mit einer Königin lebt, muß starke Nerven haben.“ Frieda blickte feierlich.

„Sie ist eine ganz normale Frau“, schränkte Nina ein. „Gewöhn dich endlich daran.“

„Niemals“, sagte Frieda. „Sie hat meine Tochter gefunden und gerettet. Und sie kann Seelen heilen. Sie kann sogar deine Seele auf Reisen schicken, ohne daß du deinen Körper benötigst. Wen außer ihr kennst du, die das kann?“

„Sag mir Bescheid, wenn du anfängst, sie mit *Mutter Teresa* anzusprechen“, brummte Nina und kickte eines von Kurtis Quietschtierchen durchs Gras.

„Was haltet ihr von Zitronenkartoffeln aus dem Backrohr und dazu Champignons à la grecque?“ rief die Witwe durch das geschlossene Fenster.

„Klingt gut“, antwortete Nina. „Brauchst du Hilfe?“

„Hol Petersilie aus dem Garten“, forderte die Schwarze sie auf. „Ich brauche reichlich davon. Griechische Champignons müssen in viel Petersilie liegen.“

„Ich wußte, daß ein Haken an der Sache ist“, murrte Nina. „Warum kann ich meinen Mund nicht halten. Außerdem hasse ich Petersilie.“

„Nun geh schon“, sagte Frieda.

„Eigentlich wollte ich ja hausgemachte Fettucine mit Mangoldsoße servieren“, sagte die Witwe durch das Fenster. „Aber das braucht zuviel Zeit. Bis ich die Nudeln durchgedreht habe, ist es Mitternacht.“

„Wir machen hier auch gerade Witze über das Durchdrehen“, rief Frieda.

Die Schwarze Witwe, die eben die Kartoffeln ins Rohr schob, hielt inne wie vom Donner gerührt.

„Das ist es“, sagte sie laut. „Der Kerl hat Augen wie damals der Wotruba. Und der war in der Tat durchgedreht.“

Sie schloß die Tür des Backrohrs und wischte sich die Hände an einem Geschirrtuch. *Der Wotruba,* dachte sie. *Wie war das damals noch? Seine Frau kam zu mir in Behandlung, und dann stellte sich heraus, daß eigentlich er der Kranke war. Als ich ihn zu einem gemeinsamen Gespräch einlud, kam er mit geladener Pistole und bedrohte die Gattin und mich. Diagnose: religiöser Verfolgungswahn. Er hielt mich für eine wiedergeborene Hexe, die seine Frau in ihrem Bann hielt. Sitzt wahrscheinlich heute noch.* Sie kehrte zum Küchentisch zurück, auf dem noch immer das Foto aus Veronikas Tagebuch lag.

Noch einmal nahm sie es in die Hand und betrachtete es eingehend. „Also wenn der nicht plemplem ist, dann weiß ich auch nicht“, sagte sie. „Nur, wer ist das, und warum bewahrte Veronika in ihrem Tagebuch das Bild eines Verrückten auf?“

Sie hielt das Foto näher an die Augen und entdeckte kreuzförmige feine Kratzspuren auf dem Bild. „Merkwürdig“, murmelte sie. „Als hätte jemand versucht, das Gesicht auszustreichen.“ Noch immer nachdenklich begann sie den Tisch für drei zu decken. „Essen“, brüllte sie dann.

„Und noch eins.“ Nina hielt Frieda zurück, bevor sie das Haus betraten. „Frag sie niemals nach dem Rezept für das Essen. Sie kriegt Zustände, wenn jemand hinter ihren Rezepten her ist.“

6

„Das Beste an St. Peter ist die Straße nach Mureck“, sagte Gerhard Zibuschka und sperrte die Tür zur Bank auf.

„Ist das nicht die Straße, die über Dietersdorf führt?“ fragte die Schwarze Witwe hinter ihm.

Der Filialleiter der örtlichen Bank begrüßte seine erste Kundin und bat sie herein. Die Kundin nahm auf dem Besuchersessel Platz und kam nach einigen geschäftlichen Transaktionen zur Sache. Wann immer die Schwarze Witwe auf der Bank etwas zu erledigen hatte, nahm sie sich die Zeit, mit Zibuschka, einem Mann in mittleren Jahren mit einer Sehnsucht nach der großen Welt im Herzen, ein wenig zu plaudern. Dies war mit der Zeit für beide eine liebe Gewohnheit geworden, die sie sich je nach Tageszeit mit einem Capuccino oder einem Gläschen Sekt verschönten. Angesichts des frühen Morgens war es diesmal Capuccino.

„Traurige Sache, dieser Verkehrsunfall auf der Straße nach Dietersdorf," begann sie.

Zibuschka nickte.

„Ich nehme an, die Eltern sind völlig verzweifelt."

Zibuschka nickte wieder. „Vor allem nach dem Skandal auf der Beerdigung", sagte er.

Die Schwarze Witwe gab sich Mühe, ihre Neugierde nicht zu deutlich werden zu lassen. „Was für ein Skandal?" fragte sie leichthin.

Zibuschka lachte leise. „Der neue Pfarrer. St. Peter hat seit kurzem einen neuen Pfarrer. Und der hat bei der Beerdigung von der Veronika für Aufsehen gesorgt."

„Interessant", log die Witwe. „Ein neuer Pfarrer. Ist der alte gestorben?"

„Nein. Bei dem haben die Nerven nicht mehr mitgemacht. Sie wissen schon." Zibuschka hob ein imaginäres Glas zum Mund.

„Und was stimmt mit dem Neuen nicht?" fragte die Witwe.

„Der ist wohl so etwas wie ein Fundamentalist", erläuterte Zibuschka. „Jedenfalls hat er den Eltern am offenen Grab erklärt, Veronika befinde sich als Strafe für ihre Sünden in der ewigen Verdammnis."

„Wahnsinn", kommentierte die Witwe. „Und welches waren ihre Sünden?"

„Daß sie in der Disco war." Zibuschka schüttelte leicht den Kopf. „Sie war ein harmloses, nettes junges Mädchen. Aber der Pfarrer meint, Discos seien ein Sündenpfuhl."

„Unverschämtheit", sagte die Schwarze Witwe. „Hat ihn denn niemand zurechtgewiesen?"

Zibuschka schüttelte wieder den Kopf. „Sie sind wohl nicht katholisch?" fragte er zurück.

Die Schwarze Witwe schüttelte ihrerseits den Kopf.

„Ich dachte es mir", sagte Zibuschka. „Sonst wären Sie nicht auf den Gedanken gekommen, die Herde könne den Hirten zurechtweisen."

„Lieber Herr Zibuschka, um katholisch zu sein, bin ich zu intelligent", erwiderte sie. „Ich bin überhaupt keine Christin. Es erscheint mir unmöglich, einen den Foltertod sterbenden jungen Mann als Symbol der Liebe anzubeten." Gedankenverloren sah sie durch die vorschriftsmäßig hängenden Bankgardinen im Gittermuster auf die Straße. Gegenüber trat Lydia Rosen aus ihrem Gasthof und betrat den daneben liegenden Lebensmittelladen. „Genaugenommen kann ich überhaupt keinen Zusammenhang zwischen einem Mann und dem Symbol für Liebe entdecken."

„Das sehe ich anders", erwiderte Zibuschka. „Ich finde es wiederum schwierig, mit Frauen zurechtzukommen."

„Dann bleibt Ihnen nur das Kloster, lieber Herr Zibuschka", stellte die Schwarze Witwe fest.

„Nein, nein", wehrte Zibuschka ab. „Da bleibe ich lieber bei meiner Mutter."

„Jaja, das Hotel Mama", führte die Schwarze die Konversation fort. „Wird immer beliebter. Heutzutage muß eine Frau Kung Fu beherrschen, um die Kinder aus dem

Haus zu kriegen. Aber was war denn nun auf der Beerdigung los, nachdem der Pfarrer Veronikas Eltern derart vor den Kopf gestoßen hat?"

„Das war unbeschreiblich", antwortete Zibuschka. „Der Vater wollte sofort nach Hause laufen und sein Gewehr holen, um den Pfarrer niederzuschießen."

„Grundgütige", entfuhr es der Witwe. „Hat man ihn zurückhalten können? Woher hat er überhaupt ein Gewehr?"

„Er ist Jäger", erklärte Zibuschka. „Er darf eins haben. Mehrere sogar, wenn er will."

„Ich habe diese Brüder immer für gemeingefährlich gehalten", sagte die Witwe.

„Das finde ich nun ein wenig übertrieben", meinte Zibuschka.

„Keineswegs übertrieben", sagte die Schwarze. „Stellen Sie sich vor, bei uns in Jagerberg hat der Mann der alten Würzl einen Jagdschein bekommen, obwohl er Analphabet ist. Können Sie mir sagen, wie der die Jagdprüfung bestanden hat, ohne daß alle gemauschelt haben?"

„Da gibt es aber auch jemanden wie Heimo Rosen. Der ist die Güte und Sanftheit selbst. Und auch er ist Jäger. Heimo war es übrigens, der Vater Rauch davon abgehalten hat, den Pfarrer zu erschießen."

„Lydias Vater ist eine Ausnahme, das gebe ich zu", räumte die Schwarze Witwe ein. „Ansonsten sollte man den ganzen grüngewandeten Männerverein zur Zwangsarbeit im Tierasyl verurteilen."

Zibuschka versuchte wieder einmal die verbalen Ausfälle seiner Kundin mit Haltung durchzustehen.

„Immerhin, der Pfarrer lebt noch, und Rauch sitzt nicht im Gefängnis", faßte die Schwarze zusammen.

Zibuschka nickte. „Seit der neue Pfarrer da ist, ist St. Peter in zwei Lager gespalten. Die einen bleiben der Kirche fern und meiden ihn. Und die anderen lassen sich von ihm in religiöse Ekstasen führen. Einige sollen schon Marienerscheinungen gehabt haben."

„Immerhin Maria", bemerkte die Witwe trocken. „Es hätte ja auch der Gekreuzigte sein können. Wo kommt der überhaupt her, der Pfarrer?"

„Er ist ein Spätberufener", sagte Zibuschka. „Früher war er Senner auf einer Alm in der Obersteiermark. Da soll ihm irgendwann der Herr erschienen sein und ihn beauftragt haben, Pfarrer zu werden. Er ging ins Kloster Mariahilf. Und nun ist er Pfarrer bei uns."

„Welch eine Karriere", kommentierte die Schwarze. „Fragt sich nur, ob St. Peter der Anfang oder das Ende ist. Da bin ich richtig froh, daß mir keine Herren mehr erscheinen. Kannten Sie Veronika Rauch eigentlich näher?"

Zibuschka hob die Achseln. „Nicht besser als andere im Ort. Sie hatte ihr Gehaltskonto bei uns. Gegenüber in der Glaserei Kartenmair hat sie als Verkäuferin gearbeitet. Und manchmal hat sie im Gasthof Rosen ausgeholfen, wenn dort Hochzeiten oder Beerdigungen ausgerichtet wurden."

„Und die Eltern?"

„Kleinbauern, wie alle hier."

„Können Sie sich vorstellen, daß sie Selbstmord verübt hat?"

Zibuschka sah die Schwarze konsterniert an. „Veronika? Selbstmord? Nein, das kann ich mir nicht vorstellen. Sie war ein fröhliches junges Mädchen. Ein wenig schüchtern vielleicht."

Die Schwarze überlegte. „Und was sagen Sie dazu, daß der Fahrer des Wagens verschwunden ist?"

„Also, ich war es nicht", witzelte Zibuschka. „Es wird einer der jungen Burschen aus der Umgebung gewesen sein, der beim Unfall nichts abbekommen hat und feige geflüchtet ist", spekulierte er.

Die Schwarze Witwe war nicht einverstanden, aber sie verzichtete auf ein Gegenargument, denn sie wollte auf etwas anderes hinaus. „Ach, da habe ich noch eine Frage", sagte sie und öffnete ihre Tasche. Sie nahm das Foto des unbekannten Mannes heraus und schob es Zibuschka über den Tisch. „Kennen Sie zufällig diesen Mann?"

„Aber natürlich!" rief Zibuschka. „Das ist er!"

„Das ist wer?" fragte die Schwarze Witwe.

„Von dem wir die ganze Zeit reden. Der neue Pfarrer. Woher haben Sie das Bild?"

„Das habe ich zufällig gefunden." Die Schwarze hatte es plötzlich sehr eilig.

7

„Wie schafft es einer, eine junge Frau umzubringen, indem er mit dem Wagen so gegen einen Baum fährt, daß sie tot ist, er aber unverletzt bleibt?" umriß die Schwarze Witwe das Rätsel.

„Ich habe nicht die geringste Ahnung, meine kleine Sphinx", sagte die mörtelverschmierte Nina und schob ihre Gefährtin beiseite, um an die hinter ihr liegende Maurerkelle zu kommen. „Vielleicht war er angeschnallt und sie nicht", bot sie als Erklärung an. „Davon liest man doch immer wieder in der Zeitung."

Die Schwarze Witwe klopfte den Zementstaub von der schwarzen Hose und stand weiter im Weg. „Ja, aber warum rennt er weg?"

„Vielleicht, weil er besoffen war", schlug Nina vor.

Die Schwarze Witwe blieb unzufrieden.

„Ich habe jetzt wirklich andere Sorgen, meine Liebe", sagte Nina. „Kannst du mir bitte behilflich sein und den Sand in den Zementmischer schaufeln. Immer drei Schaufeln Sand und eine Schaufel Zement. Wenn ich den Estrich heute nicht gegossen kriege, dauert es noch einen Tag länger, bis der Stall fertig ist."

Die Schwarze Witwe griff nach der Schaufel und begann zu arbeiten. „Ich werde aussehen wie ein Zementferkel", klagte sie.

„Ich kenne nur Erdferkel", sagte Nina erbarmungslos und blickte sich suchend um.

„Was suchst du?" erkundigte sich die im Gesicht schon puterrote Witwe.

„Ich brauche etwas in der Höhe zwischen einem Stuhl und einer kleinen Leiter", sagte Nina und suchte weiter.

„Also mich."

„Du wärst in der Höhe genau richtig", sagte Nina. „Aber auf dich kann ich nur schwer draufsteigen."

„Immerhin. Einmal im Leben bin ich nicht zu klein."

„Du bist höchstens zu kurz. Klein bist du wirklich nicht", erwiderte Nina.

„Bemüh dich nicht, du erbst sowieso alles." Die Schwarze warf eine Schaufel Zement in den rollenden Mischer, daß es staubte. „Außerdem habe ich nichts dagegen, klein zu sein. Meine Großmutter hat immer gesagt: Wünsch dir nie, groß zu sein. Die großen Leute sind die Diener der kleinen." Sie lachte.

„Jetzt weiß ich, warum du mich erwählt hast", sagte Nina.

„Genau. Ich brauchte eine, die ans oberste Regal reicht." Die Schwarze Witwe lächelte wölfisch.

„Ich bin so froh, daß du nicht berechnend bist."

Nina hatte sich aus einem alten Stuhl und einem Balkenrest eine waghalsige Konstruktion zusammengebastelt, auf der sie nun kippelnd stand, um den Türstein über dem Eingang einzumörteln.

„Du wirst noch mal gewaltig auf deine große Klappe fallen", prophezeite die Schwarze, das Unterfangen beobachtend. „Weißt du nicht, daß die meisten Unfälle im häuslichen Bereich stattfinden?"

„Veronikas Unfall jedenfalls nicht." Nina klatschte den letzten Rest Mörtel schwungvoll in die Fugen. „Und dies ist eine Baustelle und kein häuslicher Bereich."

„Auf Baustellen passieren Unfälle am zweitmeisten", sagte die Schwarze. „Der Beton ist fertig. Was mache ich nun damit?"

„Jetzt wird der Estrich gegossen", sagte Nina und stieg herunter.

„Ich werde morgen eine granatenmäßige Muskelkatze haben", befürchtete die Schwarze Witwe. „Ich muß mehr Rücksicht auf mein fortgeschrittenes Alter nehmen."

„Eine Frau von knapp Fünfzig sollte nicht von fortgeschrittenem Alter reden", gab Nina zu bedenken.

„Eine Frau von knapp dreißig sollte wissen, wann sie nicht weiß, wovon sie redet", erwiderte die Schwarze.

Zwei Stunden später war ihre Befürchtung, sich eine Muskelkatze zugezogen zu haben, zur Gewißheit geworden, aber der Estrich im Ziegenstall war gegossen und begann in Erwartung der zukünftig auf ihm herumtrappelnden Hufe zu trocknen.

„Laß mich zusammenfassen, was ich bis jetzt zusammengetragen habe", rekapitulierte sie und dehnte ihre ächzenden Glieder.

„Ich höre", sagte Nina und machte es sich neben ihr auf dem Sofa vor dem Kamin bequem.

„Da gibt es einen Autounfall mit tödlichem Ausgang. Der Fahrer ist verschwunden. Als nächstes steht der Abt des Klosters Mariahilf da und fühlt sich verpflichtet, eine Erklärung abzugeben, daß er an der Beerdigung eines Mädchens, das er gar nicht gekannt haben kann, nicht teilnehmen wird. Dann findet sich im Tagebuch des toten Mädchens das Foto eines geistig instabilen Pfarrers, der vor kurzem die Pfarre in St. Peter übernommen hat, aber justament aus dem Kloster stammt, dessen Abt auf der Beerdigung betont nicht auftaucht." Sie hielt prüfend inne.

„Mit feinen Kratzspuren drauf", ergänzte Nina.

„Genau", bestätigte die Schwarze. „Also, ich habe den Eindruck, daß sich vor uns drei Wege auftun."

„Der erste ist, Kontakt zum Pfarrer aufzunehmen, richtig?" fragte Nina.

Die Schwarze nickte.

„Der zweite ist, sich das Kloster anzuschauen, richtig?"

Die Schwarze nickte wieder.

„Und was ist der dritte?"

„Wir schicken dich mal wieder ins Reich der Träume", antwortete die Schwarze Witwe.

„Muß das sein?" fragte Nina unwillig. „Ich bin hinterher immer wie gerädert und brauche Stunden, bis ich mich davon erhole."

„Ich weiß, mein Engel. Aber es könnte uns helfen, auf einer anderen Ebene an Wissen heranzukommen, das wir benötigen. Außerdem bist du Friedas spirituelle Schülerin und kannst dir bei ihr Unterstützung holen, so daß es dich weniger anstrengt."

„Ach, ich werde wohl nie lernen, was Frieda kann", murrte Nina.

„Mit Gewißheit wirst du das nicht. Nur wer Friedas früheres Leben ausgehalten und überlebt hat, kann, was Frieda kann. Du warst nicht wie sie ein verstoßenes, verleugnetes Kind. Du hast nicht Jahre in schrecklicher Isolation überstehen müssen. Du wurdest nicht vergewaltigt. Und dir wurde auch nicht dein Neugeborenes weggenommen und dann behauptet, du hättest es umgebracht. Du bist nicht anschließend in die Psychiatrie gebracht worden, weil der Schmerz und die Ohnmacht dich wahnsinnig gemacht haben. Du bist du, Nina. Du kannst nicht wie Frieda werden. Du kannst nur von ihr lernen, du selbst zu werden. In dir schlummern Kräfte und Fähigkeiten, die du entdecken, entfalten und kultivieren mußt. Lerne, Vorbilder wie Frieda richtig zu verstehen, indem du wirst, was du bist."

„Danke für das Gespräch", brummte Nina. Sie war sich bewußt, daß ihre Gefährtin recht hatte.

„Und nun hilf mir, das Rätsel zu lösen", forderte die Schwarze sie auf.

„Stets zu Diensten, immer deine Knechtin." Nina legte ihren Kopf auf die Schulter der Schwarzen Witwe.

8

Die Frau im zerschlissenen Nonnengewand hörte Schritte, floh zurück in ihre Zelle und versuchte sich in der hintersten Ecke zu verkriechen. Nina folgte ihr mit den Blicken, als sähe sie durch eine Kamera. Dann wandte sie sich um, um zu sehen, wer da herankam. Der Mönch schlurfte herbei. Sein Habichtgesicht hatte einen dümmlich-höhnischen Ausdruck. „Mach dich bereit“, sagte er zu der Nonne, als er im Eingang ihrer Zelle stand. Ergeben erhob sie sich und folgte ihm den Gang hinunter. Auf ihrem Weg von den Dormitorien in das Skriptorium begegnete ihnen niemand. Nur eine Glocke, die zur Messe rief, war zu hören. Das Skriptorium war ein großer hoher Raum mit hellen Fenstern, die das Tageslicht ungehemmt hereinließen. Im hinteren, dunkleren Teil standen hohe Regale, die eine Unmenge Bücher enthielten. Davor ein großer Eichenholztisch, hinter dem eine düstere, asketisch dünne Gestalt saß, die die hereintretende Frau aus glühenden Augen anstarrte.

„Nun“, sagte der Inquisitor Vaszques. „Du weißt, was ich von dir will.“ Die weiße Allongeperücke saß auf seinem dunklen Kopf wie eine unpassende Haube – der Eindruck wurde von den dunklen Bartstoppeln auf seinen Wangen noch unterstützt.

Die Nonne beugte stumm den Kopf.

„Alle Papiere liegen zum Unterzeichnen vor dir“, sagte der spanische Dominikaner und schob sie ein Stück weiter zu ihr hinüber.

Die Nonne rührte sich nicht.

„Du weißt, daß wir dich noch einmal verhören können, bevor wir dich aufhängen“, fuhr er fort und bohrte seinen durchdringenden Blick in sie.

Sie erschauerte und beugte den Kopf noch tiefer.

„Nun mach es uns nicht so schwer“, sagte der Inquisitor in einem Anfall von vermeintlicher Freundlichkeit. „Und sag uns, wo du die Jagoda Zinfandel versteckt hast.“

„Ich kenne keine Jagoda Zinfandel“, sagte sie leise.

Der Mönch lachte lautlos.

„Gib dir keine Mühe zu lügen“, sagte der Inquisitor. „Wir wissen, daß du sie hast, und wir werden herausfinden, wo du sie versteckt hast. Unterschreib zuerst, daß du uns deinen gesamten Besitz übereignest, die Weingärten, das Haus, die Schänke, und wir werden weitersehen."

„Laßt ihr mich dann in Ruhe?" fragte die Nonne.

Der Inquisitor schwieg und sah sie an.

„Unterschreib", sagte er dann.

Sie nahm die Feder in die Hand und tauchte sie ins Tintenfaß. Dann unterschrieb sie jedes einzelne Papier, ohne genauer hinzuschauen, die Feder immer wieder in die Tinte tauchend. Der Mönch fuhr mit dem Löschpapier über jede Unterschrift und barg die Papiere hastig eines nach dem anderen in einer ledernen Mappe.

„Wir danken dir, daß du die Kirche so großzügig bedenkst", sagte der Inquisitor. „Und nun sag, wo die Jagoda Zinfandel steckt."

„Sie wird in ihrer Werkstatt sein, wie immer."

Der Mönch lachte wieder lautlos. „Sie glaubt, wir meinen die Frau." Er wandte sich zur Nonne und lachte weiter. „Die haben wir schon verbrannt, dummes Weib. Er will die Geige, die sie gebaut hat."

Die Nonne starrte die beiden Männer nacheinander an. Über ihr Gesicht zog ein Schatten, als stürzte sie plötzlich in hoffnungslose Finsternis. Dann brach sie zusammen und sank zu Boden.

Ninas Geist wandte sich von der Szene ab und kehrte in ihren Körper zurück. Als sie die Augen aufschlug, sah sie, daß die Schwarze Witwe sich ein Taschentuch an die Nase hielt.

„Was ist mit dir?" fragte sie noch ganz schwach.

Die Schwarze lächelte beruhigend und schüttelte den Kopf. „Nichts, nichts, alles in Ordnung", sagte sie.

Nina sah erschrocken, daß das Taschentuch blutig war. Ermattet und geschwächt, wie sie war, konnte sie nicht weitersprechen. Sie schloß die Augen und fiel in einen erschöpften, traumlosen Schlaf.

Stunden später wurde sie von zarten Geigenklängen geweckt. „Was ist das?" murmelte sie mit noch geschlossenen Augen.

„Vivaldi", antwortete die Schwarze. „Barockmusik. Gefällt sie dir?"

Nina nickte. Die Musik berührte in ihrem Inneren das Bild der Nonne. „Sagt dir der Name Jagoda Zinfandel etwas?" fragte sie mit noch schlafverhangenem Blick.

Die Schwarze Witwe schüttelte den Kopf. „Wohnt die hier in der Gegend?"

„Blödsinn", erwiderte Nina. „Ihr Name fiel, als ich von dir in Hypnose geschickt wurde."

„Zinfandel, Zinfandel", überlegte die Witwe. „Kommt mir bekannt vor. Aber eigentlich nicht wirklich."

„Ich habe wieder die Nonne gesehen", berichtete Nina.

„Merkwürdig", sagte die Schwarze.

„Das eigentlich Merkwürdige ist, daß dieser Traum die Wirklichkeit einer anderen Zeit zu zeigen scheint", sagte Nina nachdenklich. „Die Frau benutzte zum Schreiben eine Feder, die sie in ein Tintenfaß tauchte."

„Sie hat geschrieben?" fragte die Schwarze interessiert und schien die Tatsache einer unterschiedlichen Zeit nicht so wichtig zu nehmen.

„Ja", sagte Nina. „Da war ein widerlich aussehender Mann, der sie gezwungen hat, irgendwelche Papiere zu unterschreiben. Es schien mir, als ob sie ihm ihren Besitz übereignete. Und dann hat er sich noch ganz sarkastisch bedankt, daß sie die Kirche so großzügig bedenkt. Er trug so eine verrückte Perücke. Wie in einem Kostümfilm."

Die Schwarze Witwe sah sie nachdenklich an. „Nina, Nina", sagte sie. „Was hast du eigentlich dauernd mit dieser Nonne? Ich habe dich hypnotisiert, weil ich hoffte, du könntest ein wenig in die Wirklichkeit der Veronika Rauch eindringen. Du erinnerst dich? Das Mädchen, dessen Tod wir untersuchen."

„Wofür hältst du mich?" entgegnete Nina. „Natürlich weiß ich das. Aber was kann ich dafür, daß ich immer wieder bei der Nonne lande."

„Jaja, so ist das manchmal", grinste die Schwarze. „Wir können machen, was wir wollen, wir landen immer wieder bei derselben Frau."

Nina richtete sich auf und bedachte ihre Gefährtin mit einem Knuff. „Ich wüßte eigentlich viel lieber, wieso du neuerdings immer wieder Nasenbluten bekommst."

„Immer wieder?" fragte die Witwe. „Ich hatte gerade mal heute Nasenbluten. Hat das nicht jeder irgendwann?"

„Nein", erwiderte Nina. „Außer du bohrst zuviel in der Nase."

„Werd nicht frech." Die Schwarze stand auf, um die Hunde hereinzurufen. Als sie sich von Nina nicht mehr beobachtet fühlte, griff sie sich vorsichtig an die Nase, und ihre Augen blickten besorgt.

9

Lydia Rosen klebte das Plakat, mit dem die Hexenausstellung im Gleichenberger Schloß angekündigt wurde, an die Eingangstür ihres Gasthofes.

Gegenüber trat Gerhard Zibuschka mit einer kleinen Messinggießkanne in der Hand aus seiner Bank und begann die Begonien zu gießen, die an allen Laternenpfählen hingen und dem Ort ein idyllisches Äußeres verleihen sollten. Der Gemeindealkoholiker Leber verließ noch geraden Schrittes den Gasthof Rosen und steuerte den gegenüberliegenden Gasthof Buchrieser an, um seine Getränkesteuer gerecht auf die örtliche Gastronomie zu verteilen. St. Peter döste in gewohnter Geruhsamkeit in dem hügeligen Niemandsland fern der Touristenströme, das sich die Schwarze Witwe und Nina für ihr Landleben ausgesucht hatten, nachdem ihnen das im europäischen Metropolenvergleich zwar langsame Wien doch zu hektisch geworden war.

Nina parkte den Nissan vor der Post und grüßte den blumengießenden Zibuschka aus der Ferne. Dann schlenderte sie in Richtung Gasthof Rosen, nachdem sie zuvor im Postfach nach der Tagespost geschaut hatte. Während sie die Briefumschläge sortierte und nicht auf den Weg und ihre Umgebung achtete, zog eine Gruppe von acht Mopedfahrern an ihr vorbei und hielt röhrend vor dem Gasthof Buchrieser. Lärmend stiegen die Jugendlichen von ihren Krafträdern und verschwanden in der Tür. Erschreckt blickte Nina ihnen nach. *Furchtbar,* dachte sie. *Jugendliche sind ja reichlich anstrengend. Warum müssen die immer so laut sein. Ob ich auch mal so war? Bin ich froh, daß die sich den Buchrieser als Domizil ausgesucht haben und nicht meinen Stammgasthof.* Als sie die Tür zum Rosengasthof öffnen wollte, fiel ihr Blick auf das Plakat. Sie betrat den Gastraum, um bei einem Gläschen Welschriesling ihre Post zu lesen. Ihrer Aufmerksamkeit war entgangen, daß ein eher langweilig aussehender Mann mit zur Seite gekämmtem blondem Haar, in schwarzem Anzug und mit einem Holzkreuz auf der Brust, im Eingang der Glaserei Kartenmair stand, der die Jugendlichen mit brennenden Augen beobachtete.

10

Bad Gleichenbergs Kurtherme sah aus, als hätte sie schon bessere Zeiten gesehen. Die Ausstrahlung des Ortes war von welker Müdigkeit, wie ein zehn Jahre alter Strauß Teerosen. Sämtliche baulichen Neuerungen seit Kaisers Zeiten waren offenbar von den Ortskrankenkassen initiiert worden und wiesen entsprechend sparsam Flair und Eleganz auf. Die Kurhalle sah aus, als sei sie mit Spenden der KPÖ finanziert worden. Der Charme der Häuser aus der Gründerzeit war wie verrostet. Die Badeeinrichtungen aber funktionierten noch und waren immerhin den Wandlungen zum Erlebnisbad entgangen, die andernorts die Häßlichkeit der vergangenen Epochen mit denen der Moderne vertauschten. Von hier quälte sich der kleine gelbe Nissan den langen gewundenen Weg zum Schloß hinauf und fuhr dann auf den großen für BesucherInnen ausgewiesenen Parkplatz.

„Bist du sicher, daß die Ausstellung heute geöffnet ist?" fragte die Schwarze Witwe zweifelnd und sah sich um.

„Ist der Papst katholisch?" fragte Nina zurück. „Ich habe extra vorher angerufen, man hat mir versichert, daß selbstverständlich heute geöffnet ist."

„Na, dann ist ja gut", sagte die Schwarze und stieg aus dem Wagen. „Nur komisch, daß außer unserem kein einziges Auto hier parkt."

„Es ist halt eine göttinverlassene Gegend. Wer hier zur Kur ist, geht nicht auf Hexenausstellungen, sondern zum Buschenschank, um einen zu heben", erwiderte Nina.

„Für den millionenfachen Mord an Frauen interessiert sich außerhalb feministischer Kreise doch kaum jemand.“

„Auch die hier anwesenden feministischen Kreise hätten lieber etwas anderes gemacht“, klagte die Schwarze. „Wir hätten besser den Weg zum Pfarrer von St. Peter gefunden.“

„Um ein Brautgespräch zu führen?“ alberte Nina.

„Völlig zwecklos bei uns. Wir könnten nie heiraten“, sagte die Witwe. „Weil wir uns nie einigen könnten, wer das Brautkleid anziehen muß.“

Nina lachte schmierig und zog die Schwarze Witwe mit sich. „Komm, schauen wir uns an, wie es unseren Ahninnen ergangen ist.“

Die Schwarze Witwe schien sich noch immer zu sträuben. „Müssen wir wirklich? Ich halte das Leid und den Sadismus nicht aus, der diese Ereignisse umgibt.“

Sie blieb stehen und blickte erschauernd an der Fassade des Schloßes hoch. „Wo ist überhaupt der Eingang? Wieso ist hier niemand? Nina, ich glaube, du hast dich geirrt. Hier findet gar nichts statt. Jedenfalls keine Hexenausstellung.“

„Ein wenig ausgestorben ist die Szene schon“, gab Nina zu. „Komm, wir schauen mal.“ Die Witwe mit sich ziehend, strebte sie dem Haupteingang zu.

„Schnapsidee“, wehrte die sich. „Was soll mir eine Hexenausstellung sagen? Daß Frauen gefoltert und bestialisch ermordet wurden? Das weiß ich schon. Das ist doch alles so negativ, so destruktiv. Zieht uns nur runter.“

„Dreh hier jetzt nicht ab“, mahnte Nina sie. „Denk dran, wenn wir uns nicht erinnern, tut es niemand. Diese Morde sind noch immer nicht gesühnt. Wir sind hier, um das Gedenken lebendig zu halten. Wir rennen hinter einem einzelnen Mörder her und decken einen einzelnen

Mordfall auf. Und damals mordeten Tausende über mehrere hundert Jahre Millionen von Frauen." Nina redete sich in Rage.

Die Schwarze blickte zu Boden und schrie leise auf. „Schau dir das an", sagte sie und bückte sich. „Krähenfedern. Ganz viele Krähenfedern. Wo kommen die her?"

Sorgfältig sammelte sie alle Federn und steckte sie vorsichtig in ihre Manteltasche.

„Sieht aus, als ob jemand den Vogel abgemurkst hätte. Vielleicht der Schloßkater", sagte Nina. „Könnte auch ein Bussard gewesen sein. Vielleicht war die Krähe krank und alt. Was dagegen die Hexenmorde angeht..."

„Das ist kein gutes Zeichen", sagte die Schwarze Witwe düster. „Immer wenn ich Krähenfedern finde, kommt nichts Gutes hinterher. Und hier ist es sogar die komplette Bekleidung einer Krähe."

„So etwas nennt man Aberglauben", sagte Nina. „Und dafür haben wir dich studieren lassen, daß du die Welt so zwanghaft siehst."

„Ich weiß die Zeichen zu deuten", war die nebulöse Antwort der Schwarzen.

„Du redest schon wie Frieda", sagte Nina.

„Ich wollte, sie wäre hier", konterte die Witwe. „Sie hätte mir vielleicht sagen können, was das alles zu bedeuten hat."

Nina zog sie weiter und strebte auf das Eingangsportal des Schlosses zu.

„Nina, ich kann nicht", sagte die Schwarze Witwe und blieb stehen. Sie begann haltlos zu schluchzen.

Ihre Gefährtin hielt konsterniert inne. Sie konnte sich nicht entsinnen, in den Jahren ihres Zusammenlebens mit der Witwe sie jemals weinen gesehen zu haben. Ratlos betrachtete sie die schluchzende Frau.

„Komm“, sagte sie. „Ich wußte nicht, daß dir das so nahe geht. Wir müssen nicht hineingehen. Ich hatte nur gedacht, daß es wichtig ist.“

„Ist es auch“, schniefte die Witwe. „Drum weine ich ja.“

„Ja, aber wenn du es gar nicht aushältst“, meinte Nina, „dann lassen wir es doch besser.“

„Auf keinen Fall“, stieß die Schwarze Witwe unter Tränen hervor. „Ich weiß ja auch gar nicht, warum ich heule. Irgend etwas hier hebt mich aus meiner Mitte.“

„Dann nichts wie weg“, schlug Nina vor. „Fahren wir schnell dorthin, wo deine Mitte ist.“

„Nein“, widersprach die Schwarze. „Das will ich sehen, was mich hier so aushebelt.“

Entschlossen wischte sie sich die Tränen aus dem Gesicht und schneuzte sich die Nase.

Nun war sie es, die die andere mit sich zog. „Wir sehen uns jetzt die Ausstellung an. Punkt.“

„Wie du meinst, meine Königin“, sagte Nina. „Hauptsache, du weißt, was du willst.“

Ein Nebelkrähenpaar flog über ihre Köpfe hinweg.

Auch vor dem pompösen Eingang war außer ihnen niemand zu sehen. Das Portal war verschlossen.

„Also doch“, sagte die Schwarze vorwurfsvoll und auch ein wenig erleichtert.

„Jetzt schau, daß ich mich nicht geirrt habe.“ Nina wies auf die Plakate, die zu beiden Seiten auf Holzständer geklebt waren. „Da steht's ja. Sogar das Datum stimmt. Ich verstehe nicht, warum heute geschlossen ist.“

„Auf der anderen Seite gibt es einen Kellereingang“, sagte die Schwarze Witwe.

„Was?“

„Ich sagte, auf der anderen Seite des Schlosses gibt es einen Kellereingang“, wiederholte die Schwarze.

„Warst du schon mal hier?“ fragte Nina.

Die Schwarze Witwe schüttelte den Kopf. „Selbstverständlich nicht. Aber irgendwie kenne ich das hier. Und wenn mich nicht alles täuscht, gibt es auf der anderen Seite einen niedrigen Eingang mit einer halbrunden dunkelgrünen Tür, die in die Keller des Schlosses führt.“

„Ich dachte immer, ich sei das Medium“, sagte Nina erstaunt.

„Das wird sich jetzt zeigen.“ Die Schwarze Witwe holte tief Luft. „Ich sehe die Tür vor meinem inneren Auge. Also suchen wir sie.“

Sie gingen um die große Anlage herum. Weit und breit kein Kellereingang.

„Zumindest sind meine Visionen nicht so anstrengend wie deine“, nörgelte Nina. „Ich mache so etwas ganz anders. Ein kleiner Sprung aus dem Körper, und schon bist du unterwegs, während dein Körper gemütlich daliegt und schläft.“

„Ich scheine das Vorläufermodell zu sein“, sagte die Schwarze schon wieder ein wenig heiterer.

Sie waren auf der Nordseite angelangt, auch hier war keine Tür in die Mauern eingelassen.

„Halt“, rief die Schwarze plötzlich. „Wußte ich's doch. Hier, schau doch mal.“ Aufgeregt wies sie auf die Schloßwand, die hier eindeutig einen halbrunden Eingang gehabt hatte. „Sie haben den Eingang zugemauert. Aber es hat ihn gegeben.“ Sie atmete heftig. „Nina, ich bin ganz aufgeregt“, rief sie, ihre Augen funkelten, während sie sich wieder mit Tränen füllten. „Woher habe ich das nur gewußt? Als wenn ich schon einmal hinter dieser Tür verschwunden wäre.“

„Vielleicht bist du das ja“, sagte Nina.

Die Schwarze Witwe sah sie verdutzt an. „Wer weiß“,

meinte sie kryptisch. „Nichtsdestotrotz ist die Ausstellung heute geschlossen, und wir sind vergeblich gekommen."

„Jaja, der Vorhang zu und alle Fragen offen", erwiderte Nina. „Also gut, gehen wir und stöbern den Pfarrer auf."

Sie machten sich auf den Rückweg zum Hauptportal.

„Ich verstehe es immer noch nicht", grübelte die Schwarze und blickte über die weiten Hügelketten. „Es ist mehr als ein Déjà-vu. Wie kommt es, daß ich Erinnerungen habe, die ich gar nicht haben kann?"

Sie wandten sich Richtung Parkplatz, wo der kleine gelbe Nissan einsam herumstand.

„Viele Frauen haben die Schrecken der Jahrhunderte, in denen unsere Ahninnen verfolgt, gefoltert und ermordet wurden, in ihrem Zellgedächtnis gespeichert", sagte Nina. „Das ist auch der Grund, warum sogar gestandene Frauen Angst davor haben, in der Welt durch Taten und Besitz sichtbar zu sein, und sich lieber hinter ihren Männern verstecken."

Hinter ihnen wurde das Schloßportal geöffnet. Beide Frauen drehten sich überrascht um. Der Abt vom Kloster Mariahilf verließ das Schloß und eilte an den beiden vorbei, ohne sie eines Blickes zu würdigen. Genaugenommen würdigte er die ganze Welt keines Blickes. Er starrte auf den Boden vor seinen Füßen, den Blick nach innen gerichtet.

Beide Frauen blieben stehen und sahen dem zu Fuß davoneilenden Mann nach.

„Wo kommt der denn her?" fragte die Witwe.

„Wo will der hin?" fragte Nina. „Auch noch zu Fuß."

„Kann ich Ihnen behilflich sein?" fragte eine Stimme hinter ihnen. Wieder drehten die Frauen sich um. Im Eingang stand ein kleiner runder, glatzköpfiger Mann in einem grauen Kittel und blickte sie neugierig an.

„Wir waren eigentlich gekommen, um uns die Ausstellung über die Hexenmorde in der Steiermark anzusehen“, sagte die Witwe. „Aber wie wir feststellen mußten, sind heute alle Türen für uns verschlossen.“

„Ein Krankheitsfall“, erklärte der Hausmeister. „Aber wenn Sie wollen, erlaube ich Ihnen, die Ausstellung allein anzuschauen, damit Sie nicht umsonst heraufgekommen sind. Eine Führung kann ich Ihnen leider nicht bieten. Ich kenne mich in dem Bereich nicht sonderlich gut aus.“

„Das wäre wunderbar.“ Nina stand schon in der Tür.

„Wir kennen uns selbst ganz gut in dem Bereich aus“, sagte die Schwarze Witwe.

Nina sah sie von der Seite an und zwinkerte ihr zu. Sie betraten die große Eingangshalle und rochen den Staub der Jahrhunderte.

„Hier entlang“, sagte der Hausmeister und wies ihnen den Weg die große Freitreppe hinauf.

„So habe ich mir immer den sozialen Wohnungsbau vorgestellt“, sagte Nina.

„Benimm dich nicht wie ein Prolo“, murmelte die Schwarze.

„Das alles ist mit dem Blut und dem Leid der kleinen Bauern finanziert worden.“ Nina schlug den Kragen ihrer Lederjacke hoch.

„Willst du die französische Revolution nachholen?“ Die Schwarze Witwe zog ihre schwarzen Handschuhe aus und steckte sie zu den Krähenfedern in die Manteltasche. Mit geübter Liebenswürdigkeit sah sie dem Hausmeister ins Gesicht. „Was wollte denn der Abt hier?“ Sie fand sich selbst etwas dreist.

„Sie kennen den Herrn Abt?“ fragte der Hausmeister überrascht.

„Ein wenig“, sagte die Schwarze.

„Er war hier, um die Zinfandel zu spielen“, erklärte der Hausmeister. „Der Herr Abt soll in jungen Jahren vor einer bemerkenswerten Karriere als Geigenvirtuose gestanden haben. Aber er hat sich dann doch für die Kirche entschieden.“

„Was?“ schrie Nina. „Die Zinfandel? Ich meine, *die* Zinfandel?“

„Verstehen Sie etwas von Geigen?“ fragte der Hausmeister zurück. „Sind Sie vielleicht Musikerin?“

„Nein“, sagte Nina. „Ich habe nur davon gehört. Ich meine, die Zinfandel ist also doch eine Geige.“

Der Hausmeister blickte verwundert. „Ich dachte, Sie wüßten von der Zinfandel. Sagten Sie nicht eben *die* Zinfandel?“

„Ich habe vor kurzem erfahren, daß es die Jagoda Zinfandel gibt“, erklärte Nina. „Aber wir wußten nicht, daß es sie noch immer gibt. Ich meine, daß sie hier ist. Ich meine, könnten wir sie sehen? Eine Geige, ich fasse es nicht.“

Der Hausmeister zögerte angesichts der vehementen Aufregung und Verwirrung der vor ihm stehenden jungen Frau, die leicht mit den Stiefeln aufstampfte, als wäre sie ein Pferd, das gleich ins Rennen geht.

„Ich weiß ja gar nicht, wer Sie sind. Die Zinfandel gehört nicht zur Ausstellung. Sie gehört zum Schloßbesitz. Ich kann momentan auch gar nicht fragen, ob es erlaubt ist, es ist außer mir niemand im Schloß. Andererseits...“ Er blickte die beiden Frauen an und kam offenbar zu dem Schluß, daß sie entweder vertrauenswürdig oder harmlos waren. „Sie liegt eh unter Glas. Sie werden Sie wohl nicht gleich stehlen wollen, was?“ Er lachte meckernd.

„Jedenfalls nicht gleich“, scherzte Nina.

Für einen kurzen Augenblick geriet sein Zutrauen ins Wanken, aber dann siegte seine den Dicken eigentümliche Güte. „Also, wenn Sie einen Blick darauf werfen wollen, dann bitte hier entlang." Er wies nach rechts.

Die Schwarze Witwe und Nina gingen über altes knarrendes Parkett dem ausgestreckten Finger nach und betraten einen hohen Raum, in dem einige Barockstühle standen. In der Mitte befand sich ein Podest, auf dem unter Panzerglas eine Geige lag. Der Hausmeister schaltete den Lichtspot ein, der auf die Geige gerichtet war.

„Das ist also die Zinfandel", sagte Nina andächtig und trat vorsichtig näher.

„Erkennst du irgend etwas Besonderes?" erkundigte sich die Witwe.

„Nein, wie denn auch. Geige ist Geige. Kennst du eine, kennst du alle", erwiderte Nina.

„Prolo", sagte die Schwarze.

„Es können nicht alle in einem Schloß geboren sein, Baronin", gab Nina zurück.

„Sie sind Baronin?" fragte der Hausmeister.

„Keineswegs", erwiderte die Schwarze Witwe und warf der Hausamazone einen warnenden Blick zu. „Kümmern wir uns lieber um die Zinfandel", lenkte sie ab, sie haßte Fragen nach ihrer Herkunft. Sie wandte sich an ihre Gefährtin: „Zufrieden mit der Zinfandel?"

„Ich wollte nur sehen, wie die Geige aussieht, von der ich in der Hypnose gehört habe", sagte Nina.

„Und?" fragte die Schwarze.

Nina hob unsicher die Achseln. „Eigenartiges Gefühl. Wenn ich nicht ein so stabiles Gemüt hätte, könnte ich schon in Verwirrung geraten. Ich meine, da träumst du einen intensiven Traum, in dem eine bestimmte Geige vorkommt, und dann siehst du sie plötzlich ganz real vor dir. Und das in einem Schloß, von dem du gestern noch gar nicht wußtest, daß es überhaupt existiert."

„Die Zinfandel stammt aus dem Jahre 1685", sagte der Hausmeister. „Sie befindet sich seit dem Jahre 1689 im Besitz der Familie und wurde von vielen berühmten Violinisten gespielt. Die Erbauerin ist Jagoda Zinfandel, einzige Geigenbauerin der Südoststeiermark. Ihre Klangqualität ist vergleichbar mit einer Stradivari." Er atmete aus, als habe er ein Gedicht fehlerfrei aufgesagt.

„Sehr interessant." Die Schwarze Witwe sah aus dem Fenster auf den leeren Parkplatz.

„Danke, daß Sie so freundlich waren", sagte Nina zum Hausmeister, der strahlte wie über ein seltenes Lob.

„Gern geschehen", sagte er mit blitzblankem Gesicht. „Jetzt wollen Sie sicher die Hexenausstellung sehen." Er wies über das knarrende Parkett den Weg in die Ausstellungsräume. Als die Frauen ihren Weg an den Exponaten vorbei begannen, zog er sich zurück. „Ich sitze unten in der Eingangshalle. Wenn Sie gehen wollen, sagen Sie mir bitte Bescheid. Ich sperre dann auf."

Dann war er verschwunden, und vor ihnen lag die Ausstellung und wartete darauf, von ihnen betrachtet zu werden. Es war ganz still, sogar die Luft schlief.

Langsam gingen die beiden Frauen von einem Exponat zum anderen. Sie sahen die Folterinstrumente. Sie sahen Bilddokumente und Alltagsgegenstände aus vergangenen Zeiten – Spuren eines verschwiegenen Holocaust, das Phänomen einer innerartlichen Aggression, wie sie bei keiner anderen Spezies auf diesem Planeten vorkommt.

„Schau mal", sagte Nina und wies auf eine Bildtafel. „Das ist der Tabor, ein Vierkanthof in Feldbach. Hier steht, daß dort im Keller wochenlang als Hexen denunzierte Frauen eingesperrt gewesen waren. Der Richter weigerte sich, die Frauen dort zu vernehmen, weil es so grauenhaft stank. Die Armen hockten in ihren Exkrementen."

Die Schwarze Witwe gab ein würgendes Geräusch von sich. „Ich wußte doch, warum ich nicht kommen wollte."

„Jetzt schau doch mal." Nina zeigte auf eine weitere Bildtafel. „Die letzte Hexe der Südoststeiermark wurde am 25. Mai 1689 am Gleichenberger Kogel aufgehängt."

„Ah ja?" sagte die Schwarze Witwe, aufmerksam wie eine Katze, die hört, daß eine Maus vorbeiläuft.

„Ja", sagte Nina. „Ihr Name war Veronika Rauch."

Die Schwarze Witwe wurde blaß und schnappte nach Luft. Dann griff sie sich an die Nase und sah, daß ihre Finger blutig waren. „Bring mich hier raus", sagte sie und wankte leicht, während ihr das Blut aus dem rechten Nasenloch sickerte, als hätte sie einen Schlag erhalten.

Nina legte den Arm um sie und hielt sie fest. „Du mußt unbedingt zum Arzt. Ich mache mir Sorgen um dich."

Die Schwarze Witwe drückte sich an ihre Gefährtin. „Du weißt, welches Datum heute ist?" fragte sie matt.

„Ja", sagte Nina ernst. „Der 25. Mai."

Als sie den Parkplatz des Gleichenberger Schlosses verließen, kam ihnen ein Auto entgegen, in dem ein unscheinbarer Mann mit blondem, brav zur Seite gekämmtem Haar saß, der starr geradeaus blickte und den kleinen Nissan offenbar nicht bemerkte.

11

Frieda saß auf ihrem Stammhochsitz am Waldrand vor dem Dorf und blickte über die Hügel. Neben ihr lagen säuberlich in einem Tuch zusammengeknüpft wilder Thymian, Ackerminze, Gundelrebe und Schachtelhalm, die sie gesammelt hatte. Geruhsam stopfte sie ihr Pfeifchen, während sie die Landschaft nicht aus den Augen ließ. Auf der Straße, die von Wiersdorf zum Dorf abbog, sah sie den kleinen gelben Nissan fahren. Beinahe zärtlich lächelte sie und zündete sich die Pfeife an. Sofort breitete sich ein würziger Duft von zahlreichen getrockneten Kräutern um sie, sie rauchte genüßlich. Sie sang vor sich hin. Von Zwergen und Kobolden, von Feen und Elfen. Sie sang den Wind herbei und rief die Wolken. Von ihrem Versteck aus sah sie kaum, daß der Himmel sich verdunkelte und Quellwolken sich aufzutürmen begannen. Während Frieda aus einer kleinen Tasche Brot und Käse auspackte und in aller Ruhe zu essen begann, ging ein Wolkenbruch mit Hagel nieder, der das ganze Land mit einem weißen Wasserschleier bedeckte. „Hoppala", sagte Frieda und lachte. „Das war wohl noch ein wenig zu kräftig."

12

Als der kleine gelbe Nissan auf den Hof rollte, schüttete es wie aus Kübeln. Nina rannte gebückt voraus, um die Tür aufzusperren. Während Kurti laut bellend aus dem Haus stürmte, um die Schwarze Witwe zu begrüßen, blieb Klara schwanzwedelnd im Eingang stehen.

„Na, meine Alte", sagte Nina zärtlich und klopfte sie ausgiebig. „War es sehr langweilig ohne uns?" Sie trat ins Haus und blickte verdutzt auf einen weißen Belag, der sich gleichmäßig über Möbel und Fußboden gelegt hatte. „Oh", sagte sie, durch den Luftzug dieses Kurzwortes flogen ein paar Federn um ihren Kopf. „Langweilig war es also auf keinen Fall. Was habt ihr denn da wieder angestellt, ihr hundigen Hunde ihr.“ Unbelastet von jeglichem Unrechtsbewußtsein wedelte Kurti mit dem Schwanz.

Nina griff sich den Staubsauger, und als die Schwarze Witwe das Haus betrat, war ein Teil der Federn, die Kurti aus ihrem Gefängnis im Sofakisseninlett befreit hatte, schon aufgesaugt.

„Wie sieht es hier denn aus!“ Die Schwarze war offenbar wieder bei Kräften. Sie drehte sich um und verließ das Haus gleich wieder.

„Geht es dir besser?“ rief Nina ihr nach.

„Diese Fregatte ist zwar nicht mehr die Jüngste, aber sie steht noch immer unter vollen Segeln“, gab die Witwe zurück und schaute in den Holzschuppen, in dem die Sau ihre Behausung gefunden hatte. Nina hatte sie als kleines Ferkel vor knapp zwei Jahren aus dem Stall des Buchner-Bauern befreit. Mittlerweile hatte Olga sich auf stattliche 200 Kilo heraufgefressen.

„Alles in Ordnung hier?“ fragte sie, und Olga, die halb vom Stroh zugedeckt ruhte, grunzte zurück.

„Kann ich dir ein wenig Gesellschaft leisten?“ Die Schwarze schüttelte sich die Regentropfen aus dem Haar. „Die Hausamazone hängt schon wieder am Staubsauger, und du weißt, wie ich das hasse.“

„Mopp“, grunzte Olga.

„Ich wußte, daß wir einer Meinung sind“, sagte die Witwe. Olgas tiefer, regelmäßiger Atem erzählte, daß sie bereits wieder schlief.

Die Schwarze Witwe legte sich mit dem Kopf auf Olgas Bauch und blickte zur spinnwebverhangenen Decke. „Ist das nicht ein seltsamer Zufall?“ fragte sie das schlafende Schwein. „Da stirbt vor ein paar Wochen bei einem mysteriösen Autounfall ein junges Mädchen namens Veronika Rauch, und heute treffen wir auf eine Frau, die vor dreihundert Jahren diesen Namen getragen hat und als Hexe aufgehängt wurde."

„Vielleicht ist das in der Gegend ein häufiger Name", sagte Nina von der Tür her.

„Ist das Haus wieder bewohnbar?" fragte die Witwe und lächelte sie liebevoll an.

Nina nickte und lächelte zurück. Sie setzte sich neben ihre Gefährtin ins Stroh und lehnte ihren Kopf ebenfalls an Olgas Bauch. „Na, du alte Speckschwarte", sagte sie zärtlich.

„Mopp", antwortete Olga nochmals.

„Ich hoffe, du hast das Schwein gemeint und nicht mich", meinte die Witwe.

„Klar doch. Du hörst ja, daß sie mir antwortet", gab Nina zurück.

„Ich habe abgenommen", behauptete die Witwe.

„Natürlich. Und wenn es die Wäsche ist", gab Nina zurück und erntete einen festen Knuff.

„Ich finde auch, daß das ein seltsamer Zufall ist. Aber was außer dem Namen sollte die beiden Namensschwestern verbinden?" überlegte sie.

„Beide starben vor ihrer Zeit, und beide durch Fremdeinwirkung, wenn ich das so salopp ausdrücken darf."

„Ja, aber zwischen einem Autounfall und einem Justizmord ist ja wohl ein gravierender Unterschied", widersprach Nina.

„Vielleicht besteht der Unterschied nur in dem Wörtchen ‚Justiz'."

Kurti und Klara erschienen im Schweinedomizil und legten sich zu den Frauen ins Stroh. Gedankenverloren streichelte die Schwarze Witwe ihre alte Hündin. „Wenn wir erfahren wollen, was mit Veronika geschah, müssen wir dahin gehen, wo sie gelebt hat. Also müssen wir Kontakt zur Dorfjugend suchen, zu Leuten ihres Alters."

„Die Jugendlichen von St. Peter scheinen sich beim Buchrieser zu treffen", sagte Nina in Erinnerung an die Moped-Gang.

„Wie wär's, wenn du öfter beim Buchrieser hineinschaust, anstatt bei Lydia dein Achtel zu trinken", schlug die Schwarze Witwe vor.

Nina verzog das Gesicht. „Jugendliche gehen mir auf den Nerv. Alte Menschen machen nicht soviel Lärm, rennen nicht durch die Gegend, knattern nicht auf schrecklichen Mopeds herum, sind nett und bescheiden. Wie du."

„Alte Menschen sind vor allem starrsinnig", lachte die Schwarze. „Sie bestehen darauf, daß du dich um die Jugendlichen kümmerst."

„Muß ich wirklich?" nörgelte Nina.

„Wenn ich beim Buchrieser auftauche, werde ich kaum Eingang in die Kreise der Dorfjugend finden", gab die Schwarze zu bedenken. „Eine von uns muß da hinein."

„Das sehe ich ein", gab Nina nach.

„Ich werde mich um den Herrn Pfarrer kümmern", schlug die Schwarze als Lastenausgleich vor. „Das ist ja wohl eher meine Bootsklasse."

„Damit bin ich sofort einverstanden", sagte Nina.

„Siehst du, manchmal ist es ganz einfach, dir eine Freude zu machen", sagte die Schwarze Witwe.

„Ich wollte, Sabine wäre hier", murrte Nina. „Sie hat das richtige Alter, um sich bei den Kids umzusehen. Ich habe einfach keinen Bock darauf."

„Meine Pflegetochter lernt etwas Ordentliches, damit sie es einmal besser hat als wir", setzte die Schwarze dagegen. „Bis sie in den Ferien heimkommt, können wir nicht warten. Und sag nicht Bock, sag Ziege."

„Jessas, die Ziegen.“ Nina setzte sich auf.

„Findest du nicht auch, daß der Abt ein Gesicht wie ein Ziegenbock hat“, meinte die Schwarze.

Nina grinste. „Wer weiß, vielleicht hat er ja auch einen Bocksfuß, würde mich nicht wundern.“

„Du glaubst doch wohl nicht an den Teufel“, sagte die Schwarze. „Du weißt, man muß Christ sein, um an den Teufel zu glauben.“

„Ich glaube an mein Recht auf Arbeit“, sagte Nina. „Zumindest, was den Ziegenstall angeht.“

„Wie lange brauchst du noch?“ erkundigte sich die Witwe.

„Nicht mehr lange“, meinte Nina. „Bis wir Veronikas Tod geklärt haben, ist der Stall fertig, und wir können die Ziegen beim Einfalt abholen.“

„Dann bete zur Göttin der Ziegen, daß das bald der Fall sein wird“, sagte die Schwarze.

„Wer ist denn bitte die Göttin der Ziegen?“ wollte Nina wissen.

„Darüber habe ich noch nie nachgedacht“, antwortete die Schwarze. „Wir kennen ja nur die Überlieferung des Bocksbeinigen. Beelzebub, der Herr der Fliegen. Aber das ist schon okkultes Christentum. Wir traditionsbewußten Heidinnen brauchen etwas anderes.“

„Wie wär's mit Beelzemaid“, schlug Nina vor.

Die Schwarze Witwe lachte. Nina erhob sich und zog ihre Gefährtin mit sich. „Beelzemaid, hast du heut für mich Zeit, hojahojaho“, sang sie.

„Ich koch uns jetzt was“, sagte die Schwarze Witwe.

Draußen hatte es aufgehört zu regnen.

13

Gottlieb Buchriesers kleine gelben Mäuseaugen huschten über den Gastraum und schienen etwas zu suchen. Als sie das zarte Knabengesicht hinten in der Ecke entdeckt hatten, zog plötzliche Gesichtsröte auf, und auf seinem Hals zeigten sich hektische rote Flecken. Er stellte ein Glas Cola auf das Tablett und marschierte auf das Knabengesicht zu. „Das geht auf's Haus", sagte er und stellte dem Sohn des Friseurs die Cola auf den Tisch. Umständlich putzte er den Tisch ab und suchte nach einem Stichwort für ein Gespräch.

„Servus", sagte eine ihm fremde Stimme laut in den Saal hinein. In Chefmanier blickte er sich um. Nina Lauffen stand in der Eingangstür. Ihre Lederjacke hing ihr so lässig von den Schultern, als sei sie auf einem Motorrad aufgewachsen und mit Motoröl gestillt worden.

Buchrieser wieselte hinter den Tresen und sah aus wie ertappt. Nina blickte durch den Raum und sah außer dem mickrigen Buchrieser, den üblichen zwei Spielautomaten, einem lädierten Dartspiel und einem betagten Billardtisch einige Jugendliche beiderlei Geschlechts, von denen ihr aber niemand als besonders auffiel. Betont langsam schlenderte sie zum Schanktisch und betrachtete mit kaum verhohlener Abscheu den mäuseäugigen Buchrieser. Mit Todesverachtung bestellte sie ein Achtel Weißen und sah sich noch einmal, diesmal entspannter um.

Um den Sohn des Friseurs scharten sich drei weitere Buben, die alle noch heftig pubertierten, sich jedoch für alt genug hielten, um eine Zigarette nach der anderen zu rauchen. Nina bedauerte für einen Augenblick, nicht mehr zu rauchen, und suchte nach einer anderen Möglichkeit der Kontaktaufnahme. Dann sah sie drei junge Mädchen, die drei Tische weiter saßen und mindestens ebenso heftig und ernsthaft rauchten.

Sie gab sich einen Ruck, schlenderte hinüber und fragte, ob sie sich dazusetzen dürfe. Die Mädchen antworteten mit prustendem Gekicher. *Teenies,* dachte Nina. *O Göttin, gib mir Kraft.* „Gibt es irgendwo in der Nähe eine Disco?" erkundigte sie sich. Alle drei nickten.

„Wolfsberg", sagte eine knapp und schüttelte ihre überwutzelte Dauerwelle.

„Gute Musik?"

Wieder nickten alle drei.

Wenn das Gespräch so brausend weitergeht, krieg ich noch Streß, dachte Nina und holte tief Luft. „Geht ihr da öfter hin?" fragte sie weiter.

Die drei nickten. „Jeden Samstag", sagte die zweite, deren schwarzgefärbte Haare einzeln am Kopf festgeklebt zu sein schienen. *Ich kenne Fotos von der Schwarzen aus ihrer Jugendzeit, da sah sie genauso dämlich aus,* dachte Nina. *Das muß 1971 gewesen sein. Heute laufen die wieder so herum. Dazu diese Plateauschuhe. Ein Wahnsinn. Wo sind die Zeiten, als ich der Barbiepuppe meiner Schwester einen Irokesenschnitt verpaßt und blaugefärbt habe?*

„Oh", sagte sie laut. „Dann ist es ja heute abend wieder soweit." Dreifaches Nicken. Dreifaches Kichern. *Was tu ich hier eigentlich?* dachte Nina. „Ich fahr auch hin", sagte sie. „Soll ich euch im Auto mitnehmen?"

„Ja, super", sagte die dritte, die offenbar die Brave des Trios zu sein schien. Sie trug eine großformatige nette Brille, die ein unauffälliges Gesicht verdeckte. *Das geht ja einfach,* staunte Nina. *Deshalb also haben noch die häßlichsten Typen eine Chance. Die sagen einfach ja. Ich fasse es nicht.* „Ja, fein", sagte sie. „Wo treffen wir uns?"

„Hier", schlug die Gelockte vor.

„Paßt", sagte Nina. „Wann?"

„Neun", sagte die Schwarzgefärbte.

„Paßt", sagte Nina. „Wann müßt ihr daheim sein?"

Alle drei hoben die Achseln. „Egal", sagte die Gelockte. „Wir müssen ja morgen beim Gottesdienst nicht ministrieren." Sie lachte keckernd.

„Ist das nicht unverschämt? Wieso dürfen Frauen nicht ministrieren?" Nina erschrak ob ihrer Schwatzhaftigkeit in dieser ländlich wortkargen Runde. Sie sah in ratlose leere Gesichter. „Ich meine, Frauen können das doch genausogut", erklärte sie. Schweigen. Als hätte sie chinesisch gesprochen.

„Frauen sind nicht soviel wert wie Männer", stieß die Brave hervor und errötete heftig. Die anderen kicherten.

Ich will nach Hause, dachte Nina. „Ihr seid doch auch Frauen", sagte sie.

„Trotzdem", sagte die Schwarzgefärbte. „Der Pfarrer hat gesagt, ein Huhn ist kein Vogel, und eine Frau ist kein Mensch." Alle drei lachten wie über einen guten Witz.

Nina schnappte nach Luft. Sie klappte den Kragen ihrer Lederjacke hoch. „Kennt ihr das Idealgewicht eines Mannes?" fragte sie dann. Leere Gesichter. „Zweikommavier Kilo", sagte Nina. „Mit Urne."

Vom Bubentisch sahen sie acht Augen in grenzenlosem Staunen an.

„Noch ein Achtel", rief Nina. *Wieso muß eigentlich immer ich die Basisarbeit machen,* dachte sie.

Buchrieser brachte das Achtel und ließ keinen Zweifel aufkommen, daß er es ungern tat. Er konnte es sich nicht leisten, Gäste zu vergraulen, aber er schien Nina animieren zu wollen, ihren Besuch in seinem Etablissement auf das Notwendigste wie zum Beispiel zügigen Alkoholkonsum zu beschränken. Nina brauchte etwa eine halbe Stunde, um das zweite Achtel zu trinken. Während der ganzen Zeit wurde am Mädchentisch kein Wort mehr gewechselt. Ein Umstand, der jedoch nur Nina ungewöhnlich schien. Die Mädchen machten den Eindruck, als seien sie in dieser Sprachlosigkeit problemlos zu Hause.

Nina stellte das leere Glas auf den Tisch und erhob sich. „Also", sagte sie. „Bis heute abend um neun hier."

„Servus", sagte die Schwarzgefärbte und stieß die Brave kichernd in die Seite. Die Gelockte schob sich die Dauerwelle hinter die Ohren.

Nina ging zum Schanktisch und zahlte. Gesenkten Hauptes gab Buchrieser ihr heraus.

„Wissen Sie, was ein gelöstes Problem ist?" fragte sie sein strähniges Haar.

„Nein", sagte er.

„Nächste Woche erzähle ich es Ihnen", sagte sie. Als sie den Gastraum verlassen hatte, suchten seine Mäuseaugen sofort wieder den Sohn des Friseurs. Er griff eine Flasche Cola und stellte sie auf sein Tablett.

14

„Ich glaube, ich muß mal zum Friseur", sagte Nina. „Ich gehe nun schon die zweite Woche in diese depperte Disco nach Wolfsberg. Ich hocke jeden zweiten Tag beim Buchrieser und ruiniere meine Leber, und ich komme und komme nicht weiter. Und alles immer mit Chantal, Nicole und Jeannine."

„Was für Namen", rief die Witwe aus der Küche, wo sie gerade letzte Vorbereitungen für die Sauce hollandaise traf, die sie zum Spargel reichen wollte. „Wo leben wir? In Frankreich?"

„Jedenfalls muß mir etwas einfallen", sagte Nina.

„Und was hat das mit dem Friseur zu tun?"

„Mit dem Friseur direkt nichts. Aber möglicherweise mit seinem Sohn."

„Ah ja?" Die Schwarze Witwe hob die Rührschüssel ins Wasserbad.

„Ich dachte, es ist am besten, ich höre mich mal bei seinen Eltern um, und bei der Gelegenheit lasse ich mir gleich die Haare schneiden, dann sieht es nicht so aus, als ob ich sie zu einem bestimmten Zweck ausfrage."

„Sehr gut", sagte die Schwarze und rührte die Butter.

„Wann essen wir?" fragte Nina.

„Hetz mich nicht", sagte die Witwe. „Eine Sauce hollandaise darf nicht unter Streß gerührt werden." Sie gab langsam den Zitronensaft zum Eigelb. „Was ist denn mit dem Sohn des Friseurs?"

„Er heißt Kevin", sagte Nina.

„Was geben die Leute heutzutage ihren Kindern bloß für Kikinamen", lamentierte die Schwarze Witwe. „Heißt denn kein Kind mehr Otto oder Erna?"

„Ja oder Peter oder Petersilie", antwortete Nina. „Diese Generation ist ja noch nicht mal das Schlimmste. Da kommt noch eine Welle von Lauras und Annikas auf uns zu. Die sitzen zur Zeit noch in der Sandkiste."

„Bin ich froh, daß mich das nichts mehr angeht. Bis Sabine ein Kind will, ist vielleicht der Trend zum altmodischen Namen wieder da."

„Er war mit Veronika befreundet", erklärte Nina. „Und auch er hat ein Foto des Pfarrers bei sich. Das gleiche, das wir in Veronikas Tagebuch gefunden haben. Ich habe es gesehen, als er in der Disco seinen Drink gezahlt hat. Es steckte in seinem Portemonnaie."

„Ah ja." Die Witwe rührte mit dem Schneebesen die zerlassene Butter vorsichtig in das Eigelb. „Hast du ihn gefragt, warum er ein Foto seines Pfarrers bei sich hat?"

„Ja", antwortete Nina. „Er sagte, der Pfarrer schenke es den Jugendlichen, die er besonders gern mag."

„Findest du das normal?" fragte die Schwarze und gab die cremige Hollandaise in die bereitgestellte Sauciere. „Ein Pfarrer, der Starpostkarten von sich verteilt?"

„Weder normal noch üblich", antwortete Nina. „Ist das Essen bald soweit? Ich sterbe vor Hunger."

„Noch eine Sekunde." Die Witwe hob den Spargel auf die Anrichteschale. „Nimm schon mal Platz." Dann trug sie auf und zündete die Kerzen auf dem Tisch an.

„Der Kleine ist Ministrant", sagte Nina, nachdem sie gegessen hatten. „Er sieht noch rührend jung aus, aber er ist schon sechzehn."

„Wie alt war denn Veronika, daß sie sich mit so einem Zwerg befreundet hat", sinnierte die Schwarze Witwe. „Die war doch um einiges älter?"

„Achtzehn, soviel ich weiß", sagte Nina. „Aber sie war genau wie der Sohn des Friseurs etwas Besonderes. Das heißt, sie waren beide so eine Art Außenseiter in St. Peter. Beide besonders sensibel und beide eigentlich viel zu begabt für eine der üblichen Berufsmöglichkeiten in so einem kleinen Ort. Das hat sie wahrscheinlich zusammengebracht. Außerdem ist das wieder einmal eines deiner Vorurteile. Wer sagt denn, daß ein Mädchen sich nur mit Jungen befreunden soll, die älter sind als sie."

„Mir ist es völlig egal, wie alt wer ist und wo mit wem befreundet. Es ist aber ungewöhnlich in einer Umgebung, in der die meisten Menschen extrem darauf bedacht sind, daß alles, was sie tun und denken, sich nicht von dem, was üblich ist, unterscheidet. Abweichler und Außenseiter haben ein schweres Leben auf dem Land."

„Außer wir beide", wandte Nina ein.

„Das ist etwas anderes", grinste ihre Gefährtin. „Wir zehren davon, daß die gesamte Südoststeiermark noch immer völlig verdattert darüber ist, daß es solche wie uns überhaupt gibt."

Nina lachte. „Und Frieda."

„Und Frieda", bestätigte die Schwarze Witwe. „Sogar für eine wilde Frau wie Frieda ist Platz auf dem Lande."

„Ja, aber nur, weil sie durch unsere Existenz geschützt und überall da ist, wo die anderen nicht sind. Die wenigsten Leute unserer Umgebung wissen, daß eine wie Frieda hier lebt und wirkt."

„Immerhin", sagte die Schwarze Witwe. „Ich bin sicher, eine Menge Frauen wären sehr froh, wenn sie wüßten, daß es eine wie Frieda wirklich gibt."

„Ich werde sehen, was ich beim Friseur herausbekomme", sagte Nina.

„Also, ich glaube eher, daß wir in den Bereichen fündig werden, von denen die Eltern am wenigsten wissen", gab die Schwarze zu bedenken. „Sonst hätte Zibuschka mich längst informiert. Aber er weiß nur das Übliche. Nettes Mädchen, ordentlich, zuverlässig, unauffällig. Etwas anderes wirst auch über diesen Kevin nicht erfahren, wenn du seine Eltern fragst, da bin ich mir sicher."

„Wart's ab", sagte Nina.

15

„Haben Sie eine neue Frisur?“ fragte Gottlieb Buchrieser und wuchs mit dieser Frage über sich selbst hinaus.

Die Amazone dankte ihm seine Bemühungen nicht. „Nein“, sagte sie. „Ich habe meinen neuen Schnürsenkel kleingeschnitten und mir auf den Kopf geklebt.“

Er sah sie an, als wäre das tatsächlich der Fall.

„Haben Sie eine Ahnung, wo ich den Kevin finde?“ fragte Nina.

Buchrieser schüttelte den Kopf. Er konnte kaum verhehlen, daß ihm Ninas Interesse an Kevin gar nicht gefiel. „Wollen Sie etwas Bestimmtes von ihm?“ fragte er betont desinteressiert. „Ich kann es ausrichten, wenn er kommt.“

„Ja“, sagte Nina und beobachtete Buchrieser ebenso scharf wie herzlos. „Ich habe ihm etwas von seiner Freundin auszurichten.“

„Der hat keine Freundin mehr“, erwiderte Buchrieser und putzte den Schanktisch.

„Sie meinen Veronika?“ hakte Nina nach.

Er nickte und putzte den Schanktisch zum drittenmal.

„Das klingt, als wäre Ihnen das ganz recht“, provozierte Nina ihn. Buchrieser lachte auf, als wollte er verbergen, daß er tief getroffen war.

„Sagen Sie mal, Buchrieser“, sagte sie dann, und ihr Ton war leicht lauernd. „Sie sind doch wohl nicht einer von denen, die hinter kleinen Buben her sind.“

Er lachte wieder auf, während seine Augen kalt blieben und sein Gesicht böse. „Das ist nur Kundschaft“, sagte er. „Und was erlauben Sie sich überhaupt. Kevin ist schon sechzehn."

„Er sieht aber aus, als wäre er höchstens dreizehn", hielt Nina ihm entgegen.

„Das ist mir noch nicht aufgefallen", stammelte Buchrieser und schien ein Loch in die Aluminiumplattte des Schanktisches putzen zu wollen.

„Finden Sie denn gar nichts Passendes in Ihrem Alter?" bohrte Nina weiter. „Der Junge ist Ihnen doch nicht gewachsen."

„Ausgerechnet Sie sagen das", entgegnete Buchrieser, und auf seinem Hals machten sich wieder rote Flecken breit. „So wie Sie leben. Das ist ja widernatürlich."

„Ich bin erwachsen, guter Mann", sagte Nina und beugte sich über den Schanktisch. „Und meine Gefährtin auch. Merken Sie eigentlich den Unterschied?"

Eine Gruppe Jugendlicher betrat den Gastraum. Buchrieser schien erleichtert über die Unterbrechung und rannte beinahe, um die Bestellungen entgegenzunehmen. Nina sah aus dem Fenster. Gegenüber fegte Lydia Rosen den Gehsteig vor ihrem Gasthaus und warf ab und zu finstere Blicke herüber. Buchrieser kam zurück und begann, die Bestellungen auf einem Tablett zusammenzustellen.

„Da haben Sie ja den idealen Beruf bei Ihrer Veranlagung", sagte Nina. „Bin gespannt, was die Eltern dieser Kinder dazu sagen."

Buchrieser schnappte nach Luft und starrte dann auf den Schanktisch, als wollte er mit seinem Blick Löcher hineinbohren. Das Mineralwasser goß er neben das Glas und bemerkte es nicht einmal. Gegenüber verschwand Lydia Rosen wieder in ihrem Gasthof, nicht ohne die Tür so laut zuzuknallen, daß es bis in Buchriesers Gastraum zu hören war. Nina fragte sich, was sie so ärgerte, und nahm sich vor, noch schnell bei ihr hineinzuschauen, bevor sie heimfuhr.

Buchrieser schien sich mitterweile gefangen zu haben. Er polierte die abgewaschenen Gläser und stellte sie in ihr Regal, eine Arbeit, die seine gesamte Konzentration zu erfordern schien. Zumindest beachtete er Nina nicht mehr, und auch seine jungen Gäste waren Luft für ihn.

„Was für eine Freundin will denn den Kevin sprechen?“ fragte er das Glasregal betont uninteressiert. „Ich meine, nur für den Fall, daß er noch hereinschaut heute.“

„War nur ein Versuchsballon“, sagte Nina. „Ich wollte sehen, wie Sie reagieren.“

Buchrieser drehte sich blitzschnell zu ihr um. „Unverschämtheit“, zischte er. Sie sehnte sich danach, ihren Kopf unter Wasser zu halten, um sich ihrer Fönwelle zu entledigen. *Du hängst mit drin, mein Bester,* dachte sie. *Ich spüre es ganz genau. Wenn ich nur wüßte, wo drin.*

Sie legte das Geld für den Welschriesling auf den Tisch. „Wissen Sie inzwischen, was ein gelöstes Problem ist?“ fragte sie und wandte sich zum Gehen. Buchrieser schüttelte den Kopf.

„Ein Mann in Salzsäure“, sagte Nina und ging. Buchrieser drückte das Bierglas in seiner Hand, bis es zerbrach.

16

„Grüß dich“, sagte Lydia Rosen, als Nina hereinkam, und verschwand hinter der Schwingtür in die Küche. Verdutzt setzte Nina sich an ihren üblichen Tisch und wartete. Nach einer Weile erschien Mutter Rosen und begrüßte sie.

„Ich kann nichts mehr trinken“, sagte Nina. „Das Achtel beim Buchrieser reicht mir. Ich wollte nur mal schauen, ob es Lydia gutgeht.“

„Mir geht es bestens“, rief Lydia aus der Küche.

„Na, dann kann ich ja wieder gehen“, rief Nina zurück.

„Von mir aus“, antwortete Lydia.

„Wie alt sind wir denn heute?“ erkundigte sich Nina noch immer in derselben Lautstärke.

„Laß mich in Ruhe“, kam es zurück.

„Sie nimmt es schwer, daß Sie zum Buchrieser gewechselt sind“, erklärte Mutter Rosen.

„Das ist es also“, meinte Nina. „Lydia, kann ich dich kurz sprechen?“

„Keine Zeit“, rief Lydia zurück.

„Ich schätze, höchstens vier“, rief Nina.

„Was?“

„Du kannst nicht älter als vier Jahre sein“, erläuterte Nina. „Jetzt komm schon aus deiner Küche heraus und leiste mir ein wenig Gesellschaft.“ Sie hörte Lydia lachen. „Nun mach, tu, setz dich her, laß uns plaudern.“

Lydia erschien auf dieser Seite der Küchenschwingtür. „Hast scheint's einen besseren Platz gefunden“, sagte sie.

„Ach geh“, meinte Nina. „Ich habe nur einige dringende Dinge zu erledigen. Wenn das alles hinter mir liegt, bin ich wieder deine Stammgästin.“

„Warst du beim Friseur?“ fragte Lydia.

„Ja, aber ich muß es daheim noch ein wenig in die Form bringen, die ich haben will“, erwiderte Nina.

„Ich habe schon geglaubt, du wirst uns untreu“, sagte Lydia.

„Ich bin doch viel zu alt für den Kindergarten da drüben“, sagte Nina.

„Hab ich mir auch gedacht.“ Lydia lachte.

„Wenn du es sagst, ist das etwas anderes. So alt bin ich nun auch wieder nicht", sagte Nina.

„Was hast du denn drüben zu erledigen?" wollte Lydia wissen.

„Die Schwarze Witwe interessiert sich für die Umstände, wie Veronika Rauch gestorben ist", erklärte Nina. „Und ich schaue mich bei den jungen Leuten um, ob die vielleicht was wissen."

„Da solltest du mal den Sohn vom Friseur fragen, der war mit ihr befreundet", sagte Lydia.

„Rate mal, warum ich so schöngemachte Haare habe." Nina strich sich durch die Fönwelle.

„Du schaust nett aus", sagte Lydia. „Endlich."

„Das ist ungefähr das Abwegigste, das ich mir wünsche, nett auszusehen."

„Ich finde, jede Frau kann gut ausehen, wenn sie sich ein wenig zurechtmacht", sagte Lydia.

„Danke", meinte Nina. „Du bist auf dem besten Wege, mich als Stammgästin zu verlieren."

Lydia sah sie verständnislos an.

„Was weißt du über Kevin?" kam Nina zur Sache.

„Er ist ein lieber Bub", sagte Lydia. „Ziemlich still und schüchtern. Irgendwie waren sich die Veronika und er im Wesen ähnlich."

„Das höre ich überall", sagte Nina. „Aber kannst du mir nicht ein wenig mehr erzählen? Ich meine, was macht er so den ganzen Tag? Samstags hängt er in der Disco herum wie alle anderen auch. Das habe ich inzwischen herausbekommen. Aber er muß doch Hobbys haben. Irgend etwas. Auch ein pubertätsgeplagter Jugendlicher hat doch irgendwelche Konturen."

„Er ist Ministrant", sagte Lydia.

„Das weiß ich auch schon", sagte Nina.

„Aber er geht wirklich gern in die Kirche. Vielleicht wird er sogar Priester", sagte Lydia.

„Das hat mir der Vater gar nicht erzählt", staunte Nina.

„Der ist ja auch dagegen. Die Mutter wünscht sich, daß er Pfarrer wird", sagte Lydia. „Sie hat auch dafür gesorgt, daß er Musikunterricht bekommt. Der Vater will, daß er das Geschäft übernimmt."

„Ja, das hat er mir auch erzählt, als er mir die Haare geschnitten hat. Musikunterricht", wiederholte Nina. „Spielt er ein Instrument?"

„Geige spielt er, soweit ich weiß."

„Was?"

„Ja, ich glaube, es ist Geige. Oder Klavier? Ich kenn mich da nicht so aus", sagte Lydia.

„Wer unterrichtet ihn denn?" fragte Nina.

Lydia überlegte. „Ich weiß es nicht. Jedenfalls fährt er zweimal in der Woche nach Graz zum Musikunterricht."

Nina sah auf die Uhr. „Ich muß gehen", sagte sie. „Die Schwarze Witwe wälzt zur Zeit viele Probleme. Und wenn sie viele Probleme wälzt, kocht sie dauernd. Und wenn sie kocht, will sie auch, daß gegessen wird. Sie wartet bestimmt schon."

Nina verabschiedete sich und verließ den Rosengasthof. Auf der gegenüberliegenden Seite ging der Pfarrer und starrte beim Buchrieser ins Fenster. Nina beobachtete ihn, während sie in ihren kleinen gelben Nissan stieg. Als sie aus der Parklücke fuhr, sah sie im Rückspiegel, wie der Gottesmann seinen Wagen bestieg und davonfuhr. Sie fuhr Richtung Wiersdorf und bog dann ab, um über den Schwarzenberg zu fahren. Als sie durch den Wald kam, der hohlwegartig von der schmalen Straße geteilt wurde, sah sie im schattigen Licht eine Gestalt am Wegrand stehen und winken. *Wer ist das denn?* fragte sie sich und ging vom Gas. Die Gestalt winkte heftig. *Frieda?* Nina bremste. Sie starrte durch die Windschutzscheibe, konnte aber nichts erkennen. Nachdem sie den Wagen zum Halten gebracht hatte, stieg sie aus. *Das kann nur eine von Friedas Herausforderungen sein,* dachte sie und blickte suchend in den Wald. Die Gestalt, die gewinkt hatte, war verschwunden. Dann erhielt sie einen Schlag auf den Kopf und stürzte. Bevor sie sich wieder aufrichten konnte, fühlte sie, wie von hinten eine Hand nach ihrem Hals griff und sie an der Kehle packte. Sie erhielt einen weiteren Schlag auf den Schädel und sank ins Nichts.

17

„Gegrüßet seist du, Maria", sangen dünne Frauenstimmen. *Hoffentlich bin ich nicht tot,* dachte Nina. Sie sah sich daliegen und ruhig atmen. *Tote atmen nicht,* beruhigte sie sich. *Tote stellen sich keine Fragen mehr. Tote wissen alles. Ich weiß nichts. Wer hat Veronika Rauch ermordet? Fein, ich habe keine Ahnung. Wer hat mich niedergeschlagen? Mir ein Rätsel. Wie beruhigend.* „Die du gebenedeit bist unter den Weibern", sang der Chor. Nina glitt auf den dünnen Frauenstimmen durch die Schleier der Wirklichkeiten in eine andere Welt. Sie sah einen weinbewachsenen Hügel und ein niedriges, langgestrecktes Haus. Sie sah einen Gemüsegarten und vor dem Haus einen großen schwarzen Hund schlafen. Die Frau trat vor ihr Haus und hielt nervös Ausschau. Dann verschwand sie wieder hinter der Eingangstür. *Das ist die Nonne aus meinen Träumen,* wunderte sich Nina. *Aber sie ist ja gar keine Nonne.*

Sie trägt ganz normale Kleider. Ein langes Kleid, enggeschnürte Taille, eine Haube auf dem Kopf.

Eine Gestalt in einem langen Rock eilte den Hügel hinauf, soweit die hinderliche Bekleidung Eile zuließ. Sie trug einen in ein Tuch gewickelten Gegenstand, um den sie außerdem noch ihre Schürze gewickelt hatte. Am Haus angekommen, klopfte sie leise dreimal an die Tür, die einen Spalt weit geöffnet wurde. Die Gestalt schlüpfte hinein. Der große schwarze Hund wedelte leicht.

„Endlich", sagte die Frau und umarmte die Gestalt.

„Halt, warte, bring erst die Geige in Sicherheit." Jagoda Zinfandel machte sich wieder frei. Vorsichtig schlug sie das Tuch auf und strich liebevoll mit den Fingern über den Schachtel genannten Körper des Streichinstruments. „Es ist meine beste Arbeit", sagte sie. „Achte gut auf sie."

Die Frau nahm die Geige in Empfang und sah sich nach einem geeigneten Versteck um. Dann eilte sie die enge Stiege nach oben und verbarg das kostbare Instrument in einer Truhe unter der Weißwäsche.

„Dort werden sie als erstes nachschauen", sagte Jagoda, die ihr nachgekommen war.

„Ich werde später etwas Besseres finden", antwortete die Frau und strich sich eine Strähne ihres dunklen Haares aus dem Gesicht. „Ich brauche Zeit zum Nachdenken." Sie zog die zartgliedrige blonde Jagoda zu sich heran und umarmte sie. „Mach dir keine Sorgen", sagte sie. „Ich werde die Geige hüten, als wäre es mein Kind."

„Ich habe nur bestes Holz von der Fichte und vom Ahorn dafür genommen", sagte Jagoda. „Das Holz habe ich sieben Jahre beim Hain der Diana gelagert. Ich habe es in Salzwasser gelegt und anschließend in Weinsaft, darum klingt es jetzt so gut, wie du es dir gewünscht hast."

„Und die Politur?“ fragte die Frau.

Jagoda lächelte. „Die bleibt mein Geheimnis. Du spielst sie und verzauberst uns, und ich baue sie. Ich mag es nicht, wenn ich nach meinen Rezepten gefragt werde. Spiel und frag nicht, du Schöne.“

„Waren sie schon in deiner Werkstatt?“ fragte die Frau. Jagoda schüttelte den Kopf und griff sich ans Herz. „Eine Nachbarin hat mich gewarnt. Sie wissen nicht, daß ich weiß, daß sie mich holen wollen. Das gibt mir einen kleinen Vorsprung.“

„Du darfst ihnen nicht in die Hände fallen.“ Die Frau drückte ihren Mund auf die Stirn der Freundin. „Ich könnte es nicht ertragen.“

„Sie wollen ja nicht mich, sondern die Geige“, wiegelte Jagoda ab.

„Schon“, gab die Frau zu. „Aber sie wollen auch dich. Sie hassen dich, weil du so wunderbare Geigen baust.“

Jagoda schüttelte sich. „Sie wollen, daß wir alle zu ihrem lieblosen Gott beten. Du sollst ihre dummen Christenlieder spielen. Darum geht es ihnen. Sie wollen nicht, daß wir die Göttin ehren. Das Volk darf nicht mehr die Feste auf den Feldern feiern. Es ist unzüchtig, sagen sie.“

„Ich glaube, es geht ihnen mehr um unser Wissen und unseren Besitz“, widersprach die Frau. „Ich habe den Weingarten von meiner Mutter bekommen, und die hat ihn von meiner Großmutter. Sie sagen, es muß ein Mann her, um den Besitz zu wahren. Es geht ihnen um den Weingarten und die Schänke. Ich habe den besten Wein, zu mir kommen alle. Das gefällt ihnen nicht.“

„Es geht ihnen auch um ihre Lust. Sie haben Lust daran, uns zu quälen. Sei vorsichtig. Sie sind zu allem imstande. Ich habe gesehen, wie sie eine meiner Nachbarinnen verbrannt haben. Der Spanier, der seit einiger Zeit im

Kloster lebt und von der Inquisition geschickt wurde, war auch dabei. Er stand nur da, seine Augen haben geleuchtet, als das Feuer angezündet wurde. Die arme Frau hat so entsetzlich geschrien, daß sogar die Mönche sich die Ohren zugehalten haben. Aber der Spanier hat die Schreie in sich hineingesogen. Es war entsetzlich." Jagoda standen die Tränen in den Augen. Sie schauderte.

„Möge uns das erspart bleiben", sagte die Frau leise.

„Dir wird es erspart bleiben." Jagoda strich ihrer Freundin über das dunkle Haar.

„Wie willst du das wissen?" fragte die.

„Ich weiß es nicht, aber ich fühle es", antwortete ihre Freundin. „Außerdem habe ich ein Gelübde abgelegt."

„Welches?" wollte die Frau wissen.

„Das will ich nicht sagen", sagte Jagoda. „Das ist auch ein Geheimnis."

„Vielleicht sollte ich heiraten, damit sie mich verschonen."

„Sie verschonen auch verheiratete Frauen nicht."

„Es wäre mir sowieso unerträglich."

„Mir auch", sagte Jagoda.

Die Frau lächelte sie liebevoll an. „Wer weiß, zur Weinlese ist der Spuk wieder vorbei. Es kann doch nicht immer so weitergehen."

„Deine Hoffnung kann ich nicht teilen", sagte Jagoda. „Sie werden keine Ruhe geben, bis keine Geigen mehr gebaut werden. Teufelsinstrument, sagen sie. Und daß du eine Geigerin des Teufels bist." Sie drückte sich an ihre Gefährtin. „Was sollen wir tun?" fragte sie verzweifelt. „Wohin sollen wir gehen? Wir können nicht einmal fliehen. Zwei Frauen allein unterwegs sind auch verdächtig."

„Uns bleibt immer noch die Flucht in den Orden", überlegte die Frau.

„Auch Ordensfrauen verschonen sie nicht. Wenn sie uns suchen, werden sie uns finden. Wenn sie uns haben, werden sie uns nicht mehr laufenlassen.“

„Ausgerechnet der Bocksgesichtige, dieser Spanier, bezichtigt mich, des Teufels zu sein“, stieß die Frau aufgebracht hervor.

Draußen schlug der Hund an. Die beiden Frauen fuhren zusammen und blickten in Panik um sich.

„Die Geige, versteck die Geige“, rief Jagoda und zitterte. Die Frau rannte zur Weißwäschetruhe. Jagoda schlich vorsichtig zum Fenster und sah hinaus.

Unten wurde an die Tür geklopft. „Winzerin Veronika Rauch“, rief eine Männerstimme. „Öffnet die Tür.“

Veronika zog Jagoda vom Fenster fort. „Wir müssen fliehen“, flüsterte sie. „Komm mit zur hinteren Tür.“ Leise schlichen sie die Stiege hinunter.

„Vielleicht steht auch an dieser Tür einer, um uns abzufangen“, flüsterte Jagoda.

„Wir müssen es riskieren“, antwortete Veronika ebenso leise. „Nimm du die Geige und lauf in den Wald hinter dem Haus. Ich versuche über den Weingarten zu entkommen. Auf diese Weise können sie nur eine von uns beiden erwischen.“

„Leb wohl, mein Lieb“, sagte Jagoda und riß die geliebte Freundin noch einmal an sich. Die Schläge an die Vordertür wurden lauter und fordernder.

Die Frauen schlüpften nacheinander aus der Hintertür.

„Bitte für uns Sünder“, sang der Frauenchor mit sündenlosen, körperlosen Stimmen. Nina blickte angestrengt, denn das Bild vor ihr begann vor ihren Augen in den Nebeln zu verschwinden. Mit aller Kraft versuchte sie sich zu halten. Aber sie fühlte sich in ihren Körper zurückgezogen, der nun langsam zu schmerzen begann.

18

„Gegrüßet seist du, Diana“, sang Frieda mit kräftiger, rauher Stimme und beobachtete, wie Ninas Augenlider zu flattern begannen. „Heilige Jungfrau, die du jagst durch deine Wälder“, sang sie weiter. Sie hockte vor der auf dem Bauch liegenden Nina und strich mit beiden Händen ein paar Zentimeter über ihrem Körper von unten nach oben die Lebenskraft zurück. „Wach auf, trampelndes Pferd“, sagte sie dann.

„Mhhh“, brummte Nina und schlug die Augen auf. Sie blickte der wilden Frau ins Gesicht. „Bist du närrisch?“ rief sie. „Wie kannst du mich einfach überfallen, Frieda. Was soll das sein, Selbstverteidigung für Waldfrauen?“

„Vergib ihr ihre Sünden“, sang Frieda.

„Wahnsinnige“, sagte Nina und setzte sich auf. Sie rieb sich ihren brummenden Schädel.

„Ich bin hier vorbeigekommen und sah dein Auto stehen“, sagte Frieda. „Dann sah ich dich da liegen und bin ganz furchtbar erschrocken. Du glaubst doch wohl nicht etwa, daß ich dich niedergeschlagen habe.“ Tief verletzt wandte sie sich ab und knurrte einen ihrer Zwerge an. „Denn sie wissen nicht, was sie tun.“

Sie lauschte der für Nina unhörbaren Antwort der Zwerge und nickte. „Diese jedenfalls weiß nicht, was sie tut“, sagte sie dann.

„Wenn ich genauer darüber nachdenke, dann natürlich nicht“, sagte Nina mit versöhnlicher Stimme. „Aber irgend jemand hat mich niedergeschlagen. Mir ist übel.“

„Du bist ganz schön erwischt worden", sagte Frieda. „Das gibt eine dicke Beule." Sie nickte vor sich hin. „Und eine Gehirnerschütterung", setzte sie nach. „Gegrüßet seist du, Nina", sang sie. „Die du gebeult bist unter den Frauen."

Nina setzte sich weiter auf. „Mir dreht sich alles", sagte sie jammernd.

„Kannst du überhaupt fahren?" fragte Frieda.

„Keine Ahnung", sagte Nina. „Besser nicht. Kannst du nicht fahren?"

Frieda prustete.

„Was, du kannst nicht Autofahren?" fragte Nina entgeistert.

Frieda schüttelte noch immer prustend den Kopf. „Traktor fahren kann ich."

„Wie komme ich denn hier weg?" fragte Nina. „Traktor habe ich gerade keinen bei mir."

„Versuch aufzustehen", schlug Frieda vor.

Nina erhob sich vorsichtig und setzte sich gleich wieder hin. „Uii", sagte sie. „Haben wir jetzt auch noch ein Erdbeben? Der Boden wackelt ja."

Frieda drückte ihr den Daumen in der Höhe des Dritten Auges auf die Stirn und begann mit ihrer kehligen Stimme zu summen. Nina schloß wieder die Augen. Die Sonne war untergegangen, es begann zu dämmern.

„Bleib ganz ruhig liegen", sagte Frieda. „Du kannst jetzt nichts machen." Nina nickte ergeben. Frieda hockte neben ihr im Gras und summte weiter.

Dann bleibe ich eben für immer hier liegen, dachte Nina. *Irgendwann kommt vielleicht die Schwarze Witwe vorbei und bringt mir etwas zu essen. Regen ist für diese Woche auch keiner angesagt. Kein Grund, sich aufzuregen.* „Ich will nach Hause", brüllte sie, daß Frieda zusammenfuhr und zwei in der Nähe äsende Rehe in wilder Panik davonstoben.

„Wie du willst", sagte Frieda. „Dann steh auf und steig ins Auto."

„Ich kann nicht fahren", jammerte Nina.

„Ich werde fahren", sagte Frieda entschlossen und griff Nina unter die Arme. „Irgendwie wird es schon gehen." Sie hängte sich den Arm der weichbeinigen Nina über die Schulter und zog und hob die junge Frau zum Auto. Dann lehnte sie sie an den Wagen, während sie die Beifahrertür öffnete. „Steig ein", sagte sie und schob Nina auf den Sitz, bevor sie um das Auto herumging und ebenfalls einstieg.

„Der Schlüssel steckt", sagte Nina. „Ich weiß wirklich nicht, ob ich dich fahren lassen soll."

„Aber du weißt auch keine andere Lösung", sagte Frieda fröhlich und drehte den Zündschlüssel. Der Wagen sprang an. Umständlich suchte Frieda unter den beunruhigten Blicken Ninas den Ganghebel.

„Sag mal, trägst du nicht seit einiger Zeit eine Brille?" fragte sie und beobachtete die alte Frau mit wachsender Unruhe..

„Ach was, ich sehe ganz wunderbar", behauptete Frieda. Sie starrte durch die Windschutzscheibe. „Wo ist denn hier eigentlich die Straße?"

„O Göttin, nein", schrie Nina auf und hielt sich den Kopf. „Laß mich lieber fahren."

„Das war ein Scherz", brüllte Frieda und bog sich vor Lachen.

„Seltsame Art von Humor hast du", erwiderte Nina und schloß göttinergeben die Augen. „Also gut, dann stell dir einfach vor, daß dies ein klitzekleiner Traktor ist, und fahr los. Irgendwie werden wir es schon schaffen."

Frieda legte den ersten Gang ein, gab Gas und ließ die

Kupplung kommen. „Er fährt“, rief sie hocherfreut und tuckerte im ersten Gang die Straße hinauf.

„Zweiter Gang“, rief Nina. „Leg den zweiten Gang ein.“

„Lieber nicht“, sagte Frieda. „Ich kann nur 25 km/h.“

„Willst du, daß der Motor heiß läuft?“ brüllte Nina. „Schalt wenigstens den zweiten Gang ein.“

„Nein“, brüllte Frieda zurück. „Es kann nichts passieren, ich fahre ja ganz langsam.“ Mit einem Ruck blieb das Auto stehen.

„Was war das?“ rief Nina in heller Panik. „Das ist bestimmt ein Kolbenfresser.“

„Blödsinn“, brummte Frieda. „Hab keinen gesehen. Das hätte ich gemerkt, wenn ich einen überfahren hätte.“

„Wen?“ fragte Nina.

„Den Kolbenfresser, von dem du eben gesprochen hast, trampelndes Pferd.“

„Kolbenfresser bedeutet, daß du den Motor kaputtgemacht hast“, erklärte Nina resigniert.

„Unsinn“, sagte Frieda. „Ich habe angehalten, weil ich die Zwerge vergessen habe.“ Sie stieg aus und hielt Ausschau nach ihren unsichtbaren Begleitern.

„Hier bin ich“, rief sie und winkte. Nina blickte nach hinten und hoffte, daß genug Platz im Auto war.

Nachdem offenbar alle Zwerge eingestiegen waren, stieg auch Frieda wieder ein und fuhr weiter. Als sie an der Abzweigung zum Waldgasthof abbog, überholte der Wagen des Pfarrers den langsam dahintuckernden Nissan. „Schau ihn dir an“, sagte Frieda. „Kann's nicht abwarten, zu seinem Herrn zu kommen.“

„Frieda, er fährt gerade mal fünfzig Stundenkilometer“, sagte Nina. „Das ist doch keine Geschwindigkeit.“

„Wer redet von Geschwindigkeit?“ sagte Frieda. „Was meinst du?“

„Vergiß es", sagte Nina. „Was meinst denn du damit, daß er nicht früh genug zu seinem Herrn kommt?"

„Der Pfarrer fährt immer zur kleinen Kapelle oben, wo der Jagdpächter wohnt. Da redet er dann mit jemandem. Aber es ist nie einer da. Vielleicht redet er mit Gott."

„Was redet er denn?", fragte Nina.

„Er schimpft und schreit. Manchmal weint er auch. Sieht aus, als ob sein Gott und er nicht einer Meinung sind."

„Glaubst du, daß der Pfarrer spinnt?"

„Der? Nein, das glaube ich auf keinen Fall. Aber ich habe solche wie ihn gesehen, als ich in der Psychiatrie war. Manche waren Patienten, und manche hatten einen weißen Kittel an."

„Also spinnt er doch", sagte Nina.

„Nein, wirklich nicht", sagte Frieda. „Der ist nur krank im Kopf."

„Und wie ist einer, der spinnt?" fragte Nina zurück.

„Die Witwe sagt, das können nur Frauen", antwortete Frieda.

„Spinnen?"

„Ja."

„Aha", sagte Nina. „Und wie ist es, wenn eine spinnt?"

„Dann weiß sie, daß es Feen und Elfen gibt", sagte Frieda. „So wie ich." Sie tuckerten mit exakt 25 Stundenkilometern den Waldweg entlang und rollten auf den Hof, wo sie von Kurti mühlos überholt wurden. Frieda stellte den Motor ab und stieg aus.

„Wo steckt sie denn nur?" wunderte sich Nina und schob sich ebenfalls aus dem Auto. Frieda, die ihre Tür aufhielt, um alle Zwerge aussteigen zu lassen, brummte: „Sie wird zu tun haben" und wandte sich zum Wald, um nach Hause zu laufen.

„Danke, ich komme schon allein zurecht", sagte Nina und wandte sich zum Haus, begleitet von Kurti und Klara.

„Mopp", sagte Olga, als sie an ihrem Schuppen vorbeikam.

„Grüß dich, Olga", antwortete Nina und öffnete die Haustür.

„Hallo!" rief sie. „Keine zu Hause?" Sie trat ein und war durch die Stille beunruhigter, als sie sich eingestehen wollte. „Hallo!" Wieder blieb es still. Angst stieg in Nina auf. Ihre Stimme stieg ebenfalls um eine halbe Oktave, als sie noch einmal Hallo rief. Dann entdeckte sie ihre Gefährtin.

Die Schwarze Witwe lag flach auf dem Boden vor dem Sofa und hatte die Augen geschlossen. Sie hielt sich ein blutverschmiertes Taschentuch an die Nase.

Nina schrie auf und stürzte zu ihr. „Ist dir was passiert?" rief sie. „So sprich doch."

Die Schwarze Witwe schlug die Augen auf. „Ich habe schon wieder dieses verdammte Nasenbluten. Also morgen gehe ich zum Arzt, das schwöre ich dir." Sie richtete sich auf und musterte ihre Gefährtin. „Du siehst aber auch ein wenig blaß aus, meine Liebe. Ist alles in Ordnung?"

„Nein", sagte Nina. „Ich bin überfallen worden."

„Was?" rief die Witwe. „Wann, wo, wie, wer? Ist dir was passiert?"

„Ja", sagte Nina. „Der Überfall."

„Jetzt mach keine depperten Witze, mein Engel." Die Schwarze hielt sich wieder das Taschentuch an die Nase. „Sprich und sprich klar. Ich liege hier in meinem Blut und kann deine Blödeleien zur Zeit nicht brauchen."

Nina berichtete, was geschehen war, wobei sie ihre Erlebnisse während der Ohnmacht ausließ und deren Bericht auf einen späteren Zeitpunkt verschob.

„Wenn du mich fragst: Der Pfarrer war's", sagte die Schwarze. „Oder der Buchrieser."

„Und warum sollten sie es tun?" fragte Nina.

„Ach, da gibt es tausend Gründe", sagte die Schwarze. „Aber eigentlich brauchen solche Typen nicht einmal einen Grund dafür. Tag für Tag werden auf der Welt zigtausende Frauen überfallen."

„Kann schon sein", räumte Nina ein. „Aber nicht in St. Peter, so viele Frauen wohnen ja gar nicht in dem Ort."

„Ich möchte wissen, woher du die Kraft für deine blöden Scherze nimmst", sagte die Witwe. „Du bist eben mit dem Leben davongekommen. Wer weiß, was dir noch passiert wäre, wäre Frieda nicht vorbeigekommen."

Nina wurde blaß. „Daran habe ich noch gar nicht gedacht."

„Wir scheinen also ihre Kreise zu stören", überlegte die Schwarze Witwe.

„Wen meinst du mit ‚sie'?" fragte Nina.

„Ich weiß es nicht. Vielleicht ist es auch ein einzelner", räumte die Schwarze ein. „Jedenfalls blieben deine Aktivitäten nicht unbeantwortet."

Nina blickte nachdenklich. „Ich habe keine Ahnung, worum es gehen könnte. Wo und wie auch immer ich versuche, hinter die Wahrheiten zu kommen, die hinter den Fassaden stecken müssen, ich finde nichts. Zumindest nichts, das einen Sinn ergibt."

„Ich glaube, es ist Zeit, hinter andere Fassaden zu blicken", sagte die Witwe entschlossen. „Ich werde mich kümmern."

„Von den anderen Fassaden habe ich dir ja noch gar nichts erzählt", sagte Nina. „Während meiner Bewußtlosigkeit bin ich wieder bei der Nonne gelandet. Nur daß sie diesmal keine war."

„Du verwirrst mich“, sagte die Schwarze Witwe. „Ich habe damit sagen wollen, daß ich mich um den Pfarrer kümmern werde. Deine Recherchen in der Jugendszene von St. Peter scheinen nichts mehr zu bringen.“

„Das hoffe ich, daß es mir noch immer gelingt, dich zu verwirren“, grinste Nina. „Aber diesmal meine ich ganz etwas anderes.“ Sie erzählte der Gefährtin von den beiden Frauen und ihrer Verfolgung.

„Und sie heißt Veronika Rauch, sagst du?“ fragte die Schwarze Witwe.

Nina nickte.

„Verrückt“, kommentierte die Schwarze. „Zeitreisen gibt es doch gar nicht.“

„Zeitreisen nicht“, sagte Nina. „Aber Erinnerungen.“

„Du meinst an frühere Leben?“

„Vielleicht“, sagte Nina.

„Das ist Unsinn, mein Engel. Der Begriff ‚früher‘ ist ein Zeitbegriff. Und Zeit ist ein Begriff, der nur in unserer dreidimensionalen Welt gilt. Nur im Hier und Jetzt. Was auch nur ein Hilfsmittel ist, um Existenz zu begreifen. Du kannst dich nur deshalb außerhalb deines Körpers aufhalten, weil es eigentlich so etwas wie Zeit gar nicht gibt.“

„Und wenn alle Zeit parallel geschieht?“ meinte Nina.

„Du meinst Vergangenheit, Gegenwart und Zukunft geschehen parallel zur selben Zeit?“ fragte die Witwe

„Ja.“

„Das wird mir zu kompliziert“, sagte die Schwarze Witwe. „Aber immerhin berührt es mich sehr, daß du diese seltsamen Begegnungen mit den beiden Frauen aus einer vergangenen Zeit hast. Diese Veronika Rauch ist mir sehr nah. Wenn ich ihren Namen höre, ist mir, als wäre ich es selbst oder als wäre eine meiner Großmütter 1689 ermordet worden.“

„Vielleicht hat Frieda ja eine ganz einfache Erklärung für das, was mir da geschieht“, überlegte Nina.

„Vielleicht brauchen wir auch keine Erklärung für das, was dir da geschieht“, meinte die Schwarze Witwe. „Ist das nicht auch so eine dieser dummen zivilisatorischen Angewohnheiten, alles immer erklären zu wollen, um es dann einzuordnen und abzulegen, damit wir etwas zum Nachschlagen haben?“

„Schon“, stimmte Nina zu. „Also vorschlagen statt nachschlagen.“

„Stell dir doch nur mal vor, wie viele Menschen wieviel Lebenszeit dafür verwendet haben, Insekten zu sammeln, zu vergleichen und ihre Vielfalt zu ordnen, um dies anschließend andere Menschen an Universitäten auswendig lernen zu lassen, die es wiederum andere Generationen auswendig lernen lassen, was sie dann in Prüfungen abfragen, für die sie Noten verteilen. Wenn die statt dessen gelebt hätten, wieviel schöner wäre ihr Leben gewesen. Und das machen Menschen ja nicht nur mit Insekten, sondern mit allem, was auf diesem Planeten vorkommt.“

„Was willst du mir damit sagen?“ erkundigte sich Nina.

„Daß Geheimnisse etwas Wunderbares sein können.“

„Das sagst ausgerechnet du, die du so gern Geheimnisse ergründest.“

„Drum“, sagte die Schwarze Witwe. „Aber ich mache auch gern Geheimnisse. Damit sie uns niemals ausgehen.“

„Ja. Dabei fällt mir ein, verrätst du mir, was es heute zu essen gibt?“

„Nur eine dünne Klostersuppe. Ich muß mich auf den Besuch beim Pfarrer einstimmen.“

„Amen“, sagte Nina.

19

Die Schwarze Witwe betrat die menschenleere Kirche und setzte sich in eine der hinteren Reihen. Um nicht aufzufallen, schlug sie das Pentagramm über ihrer Brust, was bei ungenauer Beobachtung als Schlagen des Kreuzes hätte durchgehen können und ihr ersparte, als Heidin erkannt zu werden. Hoffte sie jedenfalls. Sie blickte sich in dem Raum um, der trotz des riesigen Kruzifixes noch immer eine Atmosphäre intensiver Heiligkeit ausstrahlte. *Wie groß muß die Ausstrahlung in den Zeiten gewesen sein, bevor die Christen mit ihren schrecklichen Zeichen alles veränderten,* dachte sie. Die ermordete Veronika Rauch kam ihr in den Sinn und das Jahr ihres Todes. *Damals stand diese Kirche schon. Der Altar hat anders ausgesehen, und die Bänke waren auch andere.* Sie stutzte und griff sich in einem unbewußten Reflex an die Nase. *Woher weiß ich das?* Sie atmete tief durch und streckte ihren Rücken. *Die Angst war grenzenlos,* dachte sie, *und das Zentrum der Angst war der Beichtstuhl. Um den ging es die ganze Zeit. Von dort nahm alles seinen Anfang.* Verdutzt schüttelte sie den Kopf. *Ich sollte Urlaub machen, verreisen, andere Dinge sehen. In diesen vulkanischen Hügeln sind sonderbare Geister unterwegs, die dafür sorgen, daß eine Frau Hirngespinste in den Kopf bekommt. Vielleicht bin ich auch nur übermüdet. Beichtstuhl. So etwas Dummes. Was habe ich denn mit einem Beichtstuhl zu tun?* Sie seufzte. *Unsinn, ich habe ausreichend geschlafen und seit langem kein Schlafdefizit mehr.*

Sie stand auf und ging langsam durch den Mittelgang nach vorn zum Altar. Wieder schlug sie das Pentagramm und betrachtete die frischen Blumen, mit denen der Altar geschmückt war. *Frauen,* dachte sie. *Immer sind es Frauen, die die Altäre errichten und pflegen und schmücken. Sogar heute, da ihnen der Zugang zur Spiritualität verwehrt wird, verrichten sie noch immer diese Arbeit. Nur ist es heute eine untergeordnete Hilfsarbeit, und damals war es die bedeutendste Arbeit überhaupt. Die Kraft der Frau, die den Altar errichtet und schmückt, ist die Kraft, die bestimmt, welcher Aspekt der Göttin sich zeigt. Davon haben diese Trottel keine Ahnung mehr.*

„Was ist nur mit mir los?" sagte sie laut zu sich selbst und horchte verunsichert dem Hall ihrer Stimme nach.

„Kommen Sie zur Beichte?" fragte der Priester, der aus einer Seitentür getreten war. Die Schwarze Witwe fuhr erschrocken zusammen. „Allmächtige Mutter, nein", sagte sie. „Ich nehme an, Sie sind der Pfarrer von St. Peter?" fragte sie dann.

Er nickte. „Kann ich etwas für Sie tun?"

„Ich glaube nicht", sagte die Schwarze Witwe. „Das heißt, vielleicht doch." Sie musterte den Mann in seiner schwarzen Soutane mit dem Holzkreuz auf der Brust. *So einer wie du wird ausgestattet mit den Insignien der Macht. Lächerlich. Und dann diese Frauenkleider.* Laut sagte sie: „Ich interessiere mich für das Schicksal der kleinen Veronika Rauch, die vor einigen Wochen tödlich verunglückt ist."

„Ja?" fragte der Pfarrer, sein Blick verschleierte sich.

„Ja", sagte die Schwarze Witwe.

Schweres Schweigen stand im Raum.

„Ja", sagte die Schwarze Witwe wieder und wartete.

„Ja." Der Pfarrer räusperte sich.

„Schrecklicher Tod." Die Schwarze Witwe starrte den schwarzen Mann an. Er wich ihrem Blick aus und sah zu Boden. Die Schwarze Witwe ließ dem Schweigen weiteren Raum.

„Sind Sie eine Verwandte?" fragte er schließlich.

Sie schüttelte den Kopf. „Nein. Ich interessiere mich aus anderen Gründen für den Tod der jungen Frau."

„Darf ich fragen, aus welchen Gründen?"

„Ich bin mir nicht sicher, aber ich glaube, es war nicht nur ein Autounfall", antwortete sie.

„Das glaube ich auch nicht", sagte er.

„Ach, Sie auch nicht?" staunte die Schwarze Witwe.

„Eigentlich weiß ich sogar, daß es nicht nur ein Autounfall war", setzte er nach, und in seiner Stimme war ein Anflug von Triumph.

„Interessant", kommentierte die Witwe und spielte mit ihren schwarzen Handschuhen.

„Ja." Er machte eine bedeutungsschwere Pause, und als sie nicht nachfaßte, fuhr er fort: „Es war die Strafe Gottes für einen liederlichen Lebenswandel."

Die Schwarze Witwe starrte ihn überrascht und sprachlos an. „Ist das Ihr Ernst?" fragte sie tonlos.

Er nickte. „Gott selbst hat es mir gesagt. Ich stehe in Verbindung mit ihm." Er sah sie eindringlich aus gläsernen Augen an. „Ich meine in direkter Verbindung." Sie schaute offenen Mundes zurück. „Täglich", setzte er nach und trat einen Schritt näher.

Genau wie damals der Wotruba, dachte sie. *Wie habe ich ihn seinerzeit nur in Schach gehalten? Jetzt weiß ich es wieder. Ich habe ihn niedergeredet. Paß auf, Burschi, ich werd dich jetzt niederreden.*

Die Schwarze Witwe suchte nach Worten. „Wie liederlich kann ein Lebenswandel sein, daß Ihr Gott meint, dafür eine Strafe wie einen tödlichen Autounfall schicken zu müssen?" fragte sie dann.

„Nicht nur der Unfall ist eine Strafe."

„Was denn noch?"

Der Mann hob die Hand und stach mit dem Zeigefinger Richtung Himmel. „Sie ist für ihre Sünden der ewigen Verdammnis anheimgefallen."

„Was waren denn ihre Sünden?" fragte sie.

„Sie ging jeden Samstag in die Disco", sagte er.

„Wollen Sie ernsthaft behaupten, daß Tanzen eine Sünde ist?"

Er nickte. Seine Augen flackerten unruhig. Sein rechter Mundwinkel zuckte nervös.

„Tanzen ist doch ein Ausdruck von Lebensfreude", versuchte sie ihn zu überzeugen.

„Sie treiben Unzucht", zischte er. „In aller Öffentlichkeit. Gott wird sie alle dafür strafen. Er hat es mir gesagt." Er atmete schwer. „Sodom und Gomorrha", setzte er nach und schüttelte den erhobenen Arm.

„Da hat mir Frau Lot aber etwas ganz anderes erzählt", erwiderte die Schwarze Witwe. „Jedenfalls, was Sodom und Gomorrha angeht. Von der kleinen Veronika Rauch weiß ich weniger. Aber Sie müssen sie gekannt haben."

„Sie war Mitglied der Pfarrjugend", sagte er.

„Dann kann sie ja nicht ein gar so schlechter Mensch gewesen sein", gab die Schwarze zu bedenken.

„Ich habe versucht, sie auf den rechten Weg zurückzuführen", erklärte er.

„War ihr Lebenswandel, außer daß sie in die Disco ging, auch sonst liederlich?" fragte sie.

Er starrte sie an. Dann nickte er kaum sichtbar.

„Was um der Göttin willen hat sie denn getan?" fragte sie.

„Ich kann es nicht sagen." Er wich einige Schritte zurück.

„Beichtgeheimnis?" fragte sie.

„Ja", sagte er und zerrte an seinem Kragen.

„Wie ich hörte, war sie mit dem Sohn des Friseurs befreundet", setzte die Schwarze Witwe erneut an.

„Auch er muß auf den rechten Weg zurückfinden." Er schrie jetzt beinahe.

„Wie ich gehört habe, spielt er ganz wunderbar Geige", sagte sie. „Das ist doch ein Gottesgeschenk, wenn einer ein solches Talent besitzt. Was hat er getan, daß er trotzdem in Ihren Augen keine Gnade findet?"

„Es ist zu furchtbar", stammelte er. „Bitte dringen Sie nicht weiter in mich. Quälen Sie mich nicht." Er zitterte und ballte die Fäuste.

„Mit welchem Gott stehen Sie in Verbindung?" fragte sie, einer plötzlichen Eingebung folgend.

Er blickte sie verständnislos an.

„Mit Gottvater oder Jesus Christus?" erläuterte sie.

„Mit dem Herrn", erwiderte er.

„Mit welchem?" fragte sie.

Er sah sie an, als wüßte er nicht, ob sie ihn nicht verstanden hatte oder ihn veralbern wollte. „Jesus Christus ist mein Herr", sagte er.

„Ich stehe mit der Göttin in Verbindung", sagte sie.

Er wich zurück. „Dies ist das Haus des Herrn."

„Das kann schon sein", gab die Schwarze Witwe zu. „Aber ich bin unterwegs in einer Mission seiner Mutter, und der gefällt vieles nicht, was ihr Bub in den letzten zweitausend Jahren angestellt hat."

„Blasphemie!" rief er und zitterte. Sein Mundwinkel zuckte noch heftiger. „Weiche, Satan!" stammelte er und bekreuzigte sich.

Die Schwarze Witwe schlug vorsichtshalber noch einmal das Pentagramm. „Beruhigen Sie sich doch, guter Mann“, sagte sie dann. „Maria ist nun mal seine Mutter und Anna seine Großmutter. Das wissen Sie doch. Ehret die Mütter, kann ich nur sagen.“

Er sah sie vollkommen verblüfft an.

„Der ist ein schlechter Sohn, der nicht auf das Wort der Mutter hört“, setzte sie nach und wunderte sich für einen Moment selber, woher sie die Worte nahm.

„Vater unser, der du bist im Himmel.“ Sein Ton wurde beschwörend.

„Auch der Vater hatte einst eine Mutter, denn ohne Mütter ist kein Leben“, hielt sie dagegen.

Ihm standen die Schweißperlen auf der Stirn. Er ballte die Fäuste. „Dein Wille geschehe, o Herr“, sagte er.

„Die Mutter gibt, die Mutter nimmt auch wieder.“ Sie sah ihm tief in die Augen. Er stöhnte. „Die Mutter sagt, der Sohn solle sein Haus in Ordnung halten.“

„Das tue ich doch“, antwortete er. „Ich halte das Haus des Herrn in Ordnung. Ganz in seinem Sinn.“

„Die Mutter ist nicht zufrieden“, murrte sie. „Du hast es nicht gut genug gemacht, mein Sohn.“

Er rang sich einen trockenen Schluchzer ab. „Ich tue, was ich kann“, jammerte er.

„Dann schauen wir einmal, was du getan hast“, sagte sie.

Er sah aus wie ein Sechsjähriger, der bangend den Nikolaus erwartet.

„Hast du der kleinen Veronika ein Leid angetan?“ fragte sie, als wäre er ein kleiner Junge.

Der Priester schüttelte den Kopf.

„Auch nicht im Namen des Herrn?“

Er schüttelte den Kopf noch heftiger.

„Kennst du das hier, mein Sohn?" Sie zog Veronika Rauchs roten Pullover aus ihrer Tasche.

Der Pfarrer blickte auf den Pullover und schüttelte wieder den Kopf.

Die Schwarze Witwe starrte ihn lange und eindringlich an. „Ich glaube dir", sagte sie dann. „Ich werde der Mutter deines Herrn berichten, daß ich dir glaube."

„Danke", sagte er.

„Wie geht es Ihrer Mutter?" fragte sie unvermittelt.

„Es geht ihr gut", antwortete er automatisch und sah sie verwundert an, als erwache er soeben aus einer Trance.

Bedeutungsschwer nickte sie. „Ich hoffe, Sie sind ihr ein dankbarer Sohn", sagte sie. „Immerhin verdanken Sie ihr das Leben."

Er antwortete nicht, aber sein Blick war schuldbewußt.

„Vergessen Sie niemals, wem Sie wirklich Ihr Leben verdanken", setzte sie nach. „Und denken Sie daran: Die Mutter gibt, die Mutter nimmt auch wieder."

In seinen Augen stand Furcht. Er drehte sich um und rannte, so schnell es die Soutane erlaubte, zur Seitentür, um grußlos dahinter zu verschwinden.

Sie war enttäuscht, daß sie nicht mehr in Erfahrung gebracht hatte, aber sie war auch zufrieden, denn sie hatte auf einer anderen Ebene erreicht, was sie wollte. Sie hatte ihm gezeigt, daß die Macht der Mutter größer war als seine. Es kam nur darauf an, die Hemmschwelle zu ignorieren, die seit den Zeiten der Hexenmorde die Frauen daran hinderte, ihre Macht zu demonstrieren und anzuwenden.

Sie drehte sich um und ging gemessenen Schrittes den Mittelgang entlang zum Ausgang. Als sie durch das Kirchenportal hinaustrat, fiel ihr Blick auf die goldene Pestsäule von St. Peter.

Wie konnten sie es nur wagen? fragte sie sich. *Sie wollten selber Schöpfer sein, die Männer. Das wird es gewesen sein. Erst brachten sie alle Heilerinnen um, und als die Pest dann kam, half ihre alberne Männermedizin nicht, und aus Haß brachten sie noch mehr Frauen um.*

20

Zibuschka sah die Schwarze Witwe aus der Kirche kommen und hielt seinen Wagen an. „Stehen die Dinge so schlecht, daß Sie in die Kirche rennen?" fragte er.

„So schlecht können die Dinge gar nicht stehen, daß es mich in die Kirche treiben würde, lieber Zibuschka", sagte die Schwarze Witwe und lächelte, froh darüber, ein vertrautes Gesicht zu sehen. „Ich habe den Pfarrer nur wegen der kleinen Veronika ausgefragt."

„Und haben Sie etwas herausbekommen?" erkundigte er sich.

Sie hob die Schultern. „Ich habe ganz sicher etwas herausbekommen, ich weiß nur noch nicht, was."

„Wie darf ich das verstehen?" fragte er.

„Laden Sie mich auf einen Welschriesling ein, und ich erkläre es Ihnen", sagte sie.

Zibuschka parkte den Wagen und ging dann die wenigen Schritte mit ihr zurück zum Rosengasthof.

„Der Pfarrer ist ja wirklich ein arger Fundamentalist", eröffnete die Schwarze Witwe das Gespräch, nachdem sie an einem Tisch im beinahe leeren Gasthof Platz genommen und ihre Bestellung aufgegeben hatten.

„Ich habe es Ihnen ja gesagt", antwortete Zibuschka.

„Aber er weiß etwas", sagte sie nachdenklich.

„Was denn?" war seine Gegenfrage, und der Schwarzen Witwe schien es für einen kurzen Augenblick, als sei etwas Lauerndes in seinem Ton.

Gegen ihren Willen mißtrauisch geworden, fragte sie zurück: „Halten Sie den Unfall der kleinen Rauch eigentlich für einen ganz normalen Unfall?"

„Ich wüßte nicht, warum ich das nicht tun sollte", lautete seine Antwort.

„Weil der Fahrer des Fahrzeugs verschwunden ist", erklärte sie.

„Das besagt nur, daß er Fahrerflucht begangen hat", hielt er dagegen.

„Immerhin. Und warum geschieht nichts? Ich meine, warum wird nicht nach dem flüchtigen Fahrer gesucht?"

„Woher wissen Sie denn, daß nicht nach ihm gesucht wird?"

„Gut, ich gebe zu, daß ich nicht weiß, ob die Polizei eifrig nach ihm sucht", gab sie zu.

Er lachte. „Also gut, ich weiß, daß sie nicht nach ihm sucht."

„Und woher wissen Sie das?"

„Als Bankdirektor erfährt man so einiges", sagte er. „Ich kann da mit dem Herrn Pfarrer beinahe mithalten."

„Aber wahrscheinlich dürfen Sie ebensowenig etwas ausplaudern wie der Pfarrer", vermutete sie.

„So ist es", bestätigte er. „Das Bankgeheimnis umfaßt zwar nicht die privaten Umstände außerhalb der wirtschaftlichen Situation unserer Kunden, aber es ist eine Frage des Anstands, daß wir nichts ausplaudern."

„Hm", sagte die Schwarze Witwe. „Schade."

Lydia Rosen stellte ihr Tablett auf dem Nebentisch ab und servierte die bestellten zwei Achtel Welschriesling.

„Kommen Sie auch nächste Woche zum Hauskonzert drüben beim Friseur?“ fragte sie.

„Ich kann nicht, ich habe keine Zeit“, antwortete Zibuschka schnell.

„O doch, Sie können“, sagte die Schwarze Witwe. „Ich möchte hingehen, und Sie wären eine wunderbare Begleitung.“ Sie wandte sich an Lydia. „Was ist das für ein Hauskonzert?“

„Der Sohn hat die Schule abgeschlossen und geht nun ins Priesterseminar. Es ist ein Abschiedskonzert für den ganzen Ort oder zumindest die Nachbarschaft.“

„Können alle hinkommen?“ fragte die Schwarze Witwe.

Lydia hob die Schultern. „Alle wohl nicht. Aber ich denke, Sie sind sicherlich willkommen. Der Buchrieser macht zu diesem Anlaß eine Weinverkostung.“

„Dann komme ich auf jeden Fall. Das muß ich mir ansehen, was das für einer ist“, sagte die Schwarze Witwe und sah Zibuschka auffordernd an.

„Wann ist es denn?“ fragte er lustlos nach.

„Nächsten Freitagabend“, sagte Lydia.

„Da kann ich nicht, da hat meine Mutter ihren Tarockabend, und darum muß ich den Hund hüten“, sagte Zibuschka heiter und wie erleichtert.

Die Schwarze Witwe lachte. „Bitte ersparen Sie mir, daß ich Ihre Frau Mutter anrufen und um einen freien Abend für Sie ersuchen muß.“

„Unterstehen Sie sich“, drohte Zibuschka. „Also gut, ich werde es möglich machen. Sie lassen mir ja doch keine Ruhe.“

„So ist es, lieber Zibuschka“, lachte die Schwarze Witwe.

„Nun mal ganz im Ernst“, wandte sie sich wieder an ihren Bankdirektor, als Lydia sich entfernt hatte. „Wenn ich Ihre Mutter wäre, hätte ich das Gefühl, daß Sie etwas vor mir verbergen."

„Was meinen Sie?" Zibuschka kam sich gegen seinen Willen wie ein Bub vor, der etwas angestellt hat.

„Ich kenne Sie gut genug, um zu wissen, daß Sie mehr wissen, als Sie sagen wollen", stellte sie fest.

„Erzählen Sie mir lieber, was Ihnen an unserem Pfarrer aufgefallen ist", lenkte er ab.

Sie schien darauf hereinzufallen. „Er scheint mir psychisch angeschlagen zu sein. Auch er weiß etwas und sagt nichts. Allerdings beruft er sich auf das Beichtgeheimnis. Wenn ich meine Intuition bemühe, komme ich nicht weit, denn etwas, das diesen Pfarrer aus der Fassung bringt, kann für normale Menschen ganz harmlos sein."

„Schauen Sie, da drüben." Zibuschka wies zum Fenster. „Da steht er wieder, der Pfarrer, und starrt die jungen Sünder nieder, die beim Buchrieser herumhängen."

„Gibt es eigentlich keine Möglichkeit, den geistigen Zustand eines Mitglieds des Klerus überprüfen zu lassen", fragte die Schwarze Witwe und blickte sorgenvoll. „Wer weiß, wozu der in seinem religiösen Wahn imstande ist."

„Sie übertreiben wieder einmal", sagte Zibuschka.

„Ach was", sagte die Schwarze Witwe.

21

„Du kommst spät", brummte Frieda. Sie saß vor ihrem Haus und legte sorgfältig einen Kreis aus Krähenfedern.

„Ich hatte noch zu tun", erwiderte Nina. „Der Bau des Ziegenstalls verschlingt viel Zeit."

„Soviel wie die Ziegen später Gras“, sagte Frieda. „Setz dich und hilf mir. Aber vorsichtig, zertrampele nicht wieder alle Spuren.“

„Ich paß schon auf“, sagte Nina und hockte sich zu ihrer Lehrerin ins frisch gemähte Gras.

„Schon passiert“, schrie Frieda aufgebracht.

„Ich sehe nichts“, sagte Nina.

„Das ist es ja. Du siehst einfach nichts. Was soll ich nur mit dir machen?“

„Auf jeden Fall die Nerven behalten, Frieda“, riet Nina. „Welche Spuren meinst du denn?“

Frieda drehte die Augen gen Himmel. „Siehst du die Striche unter deinen Füßen?“

„Oh“, sagte Nina. „Die habe ich gar nicht bemerkt.“

„Das ist es ja eben“, meinte Frieda. „Komm, wir gehen Kräuter sortieren und bestimmen.“ Sie stand auf und stemmte die Fäuste in die Hüften. Nina lächelte besänftigend und stand ebenfalls auf. „Folge mir, aber vorsichtig“, sagte Frieda. „Am besten gehst du direkt hinter mir.“

Die beiden Frauen betraten die kleine Kate und zogen am Eingang die Schuhe aus. Im Ofen brannte trotz des sommerlichen Wetters ein Feuer. „Ich kann es gar nicht warm genug haben“, meinte Frieda.

„Weißt du noch, wie es war, als du weder Kälte noch Wärme spüren konntest?“ fragte Nina.

Frieda nickte ernst. „Die Schwarze Witwe hat mir geholfen, daß ich wieder fühlen kann. Seither mache ich mir jeden Tag ein Feuer.“

„Hm“, sagte Nina und betrachtete die Kräuterbüschel, die von der alten, beinahe schwarzen Holzdecke herunterhingen.

„Such mir Johanniskraut, Salbei, Fenchel, Labkraut und Wermut“, befahl Frieda.

„Das ist leicht", meinte Nina. „Aber sag Johannakraut statt Johanniskraut."

„Von mir aus", murmelte Frieda und zwinkerte den Zwergen zu. „Such es trotzdem."

„Hab ich gleich." Nina stieg auf einen Küchenstuhl, um die Kräuter herauszusuchen.

„Laß sehen", sagte Frieda, als Nina ihre Auswahl auf den Küchentisch gelegt hatte. „Salbei stimmt, Fenchel stimmt. Der Rest ist falsch. Noch einmal."

„Gut. Noch einmal", murmelte Nina. „Johanniskraut. Wo ist Johanniskraut? Wie sieht es überhaupt aus?"

„Sag Johannakraut." Frieda grinste und zwinkerte wieder den Zwergen zu.

„Ach Schneewittchen, ich weiß es ja", rief Nina lachend. Sie griff einige Büschel heraus.

„Stimmt", begutachtete Frieda Ninas neue Auswahl. „Und jetzt wird es ein wenig schwieriger. Such mir Bingelkraut, Fingerhut und Stechapfel."

„Oha", sagte Nina. „Das ist schwer." Sie blickte suchend zur Decke und ging von einem Krautbüschel zum nächsten. „Bingelkraut, Fingerhut und Stechapfel, Bingelkraut, Fingerhut und Stechapfel", sagte sie vor sich hin.

„Ich wußte es, sie findet es nicht", meinte Frieda zu den Zwergen und lauschte einem längeren Ratschlag ihrer unsichtbaren Freunde. „Wie ihr meint", sagte sie dann.

„Sie sagen, wenn ich jetzt blau anlaufe und zu Boden sinke, welches Kraut würdest du dann finden müssen und mir etwas davon geben?"

„Blau anlaufen? Fingerhut wahrscheinlich, da ist Digitalis drin", antwortete Nina.

„Ich würde es aber nicht nehmen, denn von dir nehme ich noch kein Kraut", triumphierte Frieda. „Such jetzt Bingelkraut, Fingerhut und Stechapfel."

„Bin schon unterwegs“, antwortete Nina und machte sich wieder auf die Suche.

Frieda setzte sich an den Küchentisch und wartete.

„Was sagst du nun?“ meinte Nina und legte ihr drei Kräuterbüschel vor.

Frieda beugte sich über die getrockneten Pflanzen und betrachtete sie lange.

„Falsch?“ fragte Nina.

„Hm“, machte Frieda.

„Ich war mir so sicher“, sagte Nina enttäuscht.

Frieda grinste.

„Sag schon“, drängte Nina.

Frieda zwinkerte und schob ihr Gebiß hin und her.

„Also wirklich falsch“, nahm Nina das Urteil voraus.

Frieda schob die Zähne zurück. „Richtig!“ schrie sie.

„Wirklich?“ Nina strahlte.

„Richtig richtig“, sagte Frieda.

„Endlich“, sagte Nina.

„Ruh dich nicht drauf aus, trampelndes Pferd. Was machst du denn mit den Kräutern, die du eben ausgesucht hast?“

„Das ist einfach“, sagte Nina und zeigte auf das Johannakraut. „Das ist gegen traurige Zeiten im Winter. Das Labkraut hilft gegen Verdauungsbeschwerden. Fenchel ist gegen Bauchweh bei kleinen Kindern, Wermut gegen Bauchweh von Erwachsenen.“

„Stimmt“, sagte Frieda zufrieden. „Und diese drei?“

„Mit Bingelkraut kann eine auf Reisen gehen. Fingerhut ist gegen Herzbeschwerden und Stechapfel gegen Asthma, Keuchhusten und Krämpfe.“

„Richtig“, sagte Frieda wieder. „Aber was ist Besonderes an diesen dreien?“

„Sie sind allesamt giftig.“

„Giftig ist alles", korrigierte Frieda. „Wenn eine will, kann sie sich auch mit Kamillentee umbringen. Aber diese drei sind besonders giftig. Also vorsichtig behandeln."

„Ich fasse sie nicht an, außer du sagst es." Nina stöhnte. „Wann habe ich nur alles über deine Kräuter gelernt?"

„Vielleicht in zehn Jahren", meinte Frieda fröhlich. „Wenn du etwas gescheiter wärst, würdest du nur neun brauchen. Komm jetzt, wir machen einige Übungen in Unsichtbarkeit."

Nina folgte Frieda wieder ins Freie. Sie hockten sich zum Kreis aus Krähenfedern. Frieda ließ Nina sich in den Kreis setzen. „Und nun sei einfach nicht mehr anwesend", forderte sie sie auf. Nina sah sie verständnislos an.

„Also weißt du noch immer nicht, wie das geht?" schimpfte Frieda und schob ihre Zähne hin und her.

„Frieda, du weißt, daß ich auf Seelenreisen gehen kann", sagte Nina.

„Und ich habe dir gesagt, daß das ungefähr ist, als wenn du mit einem Flugzeug fliegst, wo du besser zu Fuß gehst", erwiderte Frieda trocken.

„Hm", sagte Nina.

„Also mach dich unsichtbar", forderte Frieda.

Nina seufzte und versuchte, sich so unscheinbar zu machen, wie sie konnte.

„Also gut, ich erzähle dir eine Geschichte", sagte Frieda. „Du kennst doch die Riegersburg."

Nina nickte.

„Gut. Auf der Riegersburg gibt es diese Leute, die all die wunderbaren Greifvögel gefangenhalten. Sie ketten den Adler und die Falken an und ziehen ihnen kleine Hauben über den Kopf, damit sie nicht davonfliegen." Frieda lachte. „Manchmal spreche ich mit dem Geier, den sie auch haben. Ich rufe und locke ihn, und irgendwie schafft er es immer wieder, zu mir zu kommen, trotz aller Ketten und Kopfhauben."

„Ja und?" fragte Nina. „Was hat das mit Unsichtbarkeit zu tun?"

„Dann suchen sie ihn stundenlang und können ihn nicht finden, weil er nicht da ist."

„Und was hat das mit mir zu tun?" wollte Nina wissen.

„Sie kapiert es nicht, ich habe es gewußt", sagte Frieda in Richtung Zwerge und holte tief Luft. „Weißt du, wie du einen Falken dazu bringst, auf deiner Hand sitzen zu bleiben und nicht davonzufliegen? Ich meine einen Falken ohne Ketten und ohne Kopfhaube?"

Nina schüttelte den Kopf. „Wenn er nicht tot und ausgestopft ist, weiß ich es nicht."

„Du bietest ihm keinen Widerstand", sagte Frieda und lachte dröhnend. „So wirst du unsichtbar, trampelndes Pferd. Versuch der Welt keinen Widerstand zu bieten."

„Aha", sagte Nina.

„Versuch's." Friedas Stimme hatte einen singenden Unterton. „Ich locke dich fort aus der sichtbaren Welt", sang sie. „Komm mit mir in die unsichtbare Welt."

Nina setzte sich im Schneidersitz zurecht und begann langsam tief und regelmäßig zu atmen. Sie hörte auf Friedas Gesang und stellte sich vor, sie wäre ein Arm, auf dem ein Falke sitzt. Plötzlich begriff sie. *Das ist ja ganz einfach,* staunte sie heiter und wurde immer leichter. Sie war gleichzeitig hier und da, war leicht und schwer, war allein und in allem, war voller Tiefe und schwerelos wie eine Feder.

„Ich dachte schon, sie kapiert es nie", sagte Frieda zu den Zwergen und machte es sich gemütlich, um Ninas Rückkehr abzuwarten. „Hoffentlich fängt sie jetzt nicht an, über sich nachzudenken."

Nina ließ alle Zeit los und hielt sich mühelos in der Schwebe zwischen den Welten. Ströme fremder Gefühle flossen durch sie hindurch, Sorgen um offene Rechnungen, Hoffnungen auf Liebe, Sehnsucht nach Ruhe, Angst vor dem Leben, Hunger, Lust, Gier, Furcht, der dunkle Strom aller Emotionen aller Lebewesen. Farben, Gerüche, Töne kamen in ihr zum vollkommenen Nichts zusammen, und sie dehnte sich aus.

22

Dämmerung sank über die vulkanischen Hügel und brachte kühle feuchte Luft über die Wiesen. Die Grillen von der Tagesschicht schwiegen, und die von der Nachtschicht hatten noch nicht begonnen. Nina zog sich wieder zur menschlichen Dimension zusammen und fröstelte leicht.

„Bleib noch im Federnkreis, bis du dich wieder ganz und gut fühlst", sagte Frieda.

„Hörst du die Geige?" fragte Nina.

„Nein, ich bin außerhalb des Kreises", antwortete Frieda. „Ich höre gar nichts von dem, was du hörst." Sie dachte nach. „Früher haben hier einige Geige spielen können. Vor allem die Windischen."

„Was sind Windische?" wollte Nina wissen.

„Zigeuner", sagte Frieda. „In St. Peter gab es den Koroschetz, der war ein Windischer. Sein Sohn wurde dann so ein Glatzerter, ein Rechtsradikaler. Komisch, was? Ausgerechnet der Sohn vom Windischen Koroschetz." Sie lachte. „Er wohnt aber nicht mehr hier, der Koroschetz. Geige spielen konnte der sowieso nicht. Der hat den Leuten für viel Geld billige Waschmaschinen angedreht. Als sie draufgekommen sind, daß es die Sachen in Feldbach fast um die Hälfte billiger gab, ist er pleite gegangen." Sie bog sich vor Lachen. „Wenn der Geige gespielt hätte, hätten die Leute in St. Peter mehr davon gehabt", prustete sie.

„Ich höre sie immer noch. Eine eigenartige Melodie", sagte Nina. Ihr war kalt.

„Komm ins Haus", sagte Frieda. „Ich hoffe, das Feuer brennt noch."

Nina erhob sich, trat aus dem Federnkreis und folgte ihrer Lehrerin ins Haus. Das Feuer im kleinen Ofen war beinahe heruntergebrannt. Frieda legte einige Holzscheite nach und blies in die Glut.

„Sag mal, Frieda. Was weißt du über Hexen?"

„Nichts", meinte Frieda. „Bin auch nicht neugierig."

„Bist ja selber eine", lachte Nina.

„Kann schon sein."

„Ich träume immer von zwei Frauen", sagte Nina. „Die in einer anderen Zeit lebten. Einer Zeit, in der sie viele Hexen ermordet haben."

„Aha", erklärte Frieda und goß kochendes Wasser in eine Kanne, in die sie getrocknete Kräuter gegeben hatte. „Hier, trink das, das ist gut, wenn eine wieder sichtbar geworden ist."

In kleinen Schlucken trank Nina den Tee, den Frieda ihr gereicht hatte.

„Früher hat es viele Hexen gegeben", meinte Frieda.

„Eine von den beiden hat Geigen gebaut, und die andere hat Geige gespielt", sagte Nina.

„Dann waren sie keine Hexen", erklärte Frieda. „Hexen wissen alles über Kräuter und Elfen und Kobolde und solche Leute."

„Vielleicht wußten sie das auch“, überlegte Nina. „Das Dumme ist, daß ich nicht weiß, ob das Ganze nur ein Traum von mir ist oder ob es die beiden wirklich gegeben hat. Die eine heißt Veronika Rauch. Und eine Veronika Rauch wurde 1689 am Gleichenberger Kogel aufgehängt. Wir haben von ihrem Schicksal in der Hexenausstellung im Schloß Gleichenberg erfahren.“

„Die Kleine, die bei dem Autounfall gestorben ist, hieß auch Veronika Rauch“, sagte Frieda.

„Ich weiß. Das ist auch merkwürdig.“

„Was heißt merkwürdig?“ fragte Frieda.

„So etwas kann doch kein Zufall sein“, sagte Nina.

„Nein, ich meine, ich verstehe nicht, was das Wort bedeutet“, sagte Frieda.

„Welches Wort?“ fragte Nina gedankenverloren.

„Merkwürdig“, sagte Frieda.

„Was denn?“ fragte Nina.

Frieda schüttelte den Kopf und sah sich zu ihren Zwergen um. „Sie hat studiert“, sagte sie. Dann drehte sie sich wieder zu Nina. „Ich verstehe nicht, was das Wort ‚merkwürdig‘ bedeutet.“

„Ach so“, sagte Nina. „Merkwürdig heißt eigentlich, daß etwas einer Person deshalb auffällt, weil sie es nicht versteht. Darum merkt sie es sich.“

„Das ist ja ganz normal für dich“, sagte Frieda.

„Wie meinst du das?“

„Du verstehst vieles nicht, obwohl du soviel weißt. Aber daß du dir auch merkst, was du nicht verstehst, glaube ich nicht.“

Nina holte tief Luft. „Du hältst wohl nicht viel von mir?“

„Doch“, sagte Frieda. „Aber dein Kopf ist dir immer im Weg. Du denkst zuviel. Manchmal ist es besser, wenn eine nicht soviel denkt.“

„Hm“, machte Nina.

„Und du merkst so wenig. Du merkst nicht, daß du auf meinen Zeichen herumtrampelst. Du merkst nicht, wenn du einen meiner Zwerge umrennst.“

„Aber ich merke, daß eine Frau mir immer wieder im Traum erscheint, und das will mir etwas sagen.“ Nina setzte sich auf. „Das steht fest. Das will mir etwas sagen.“

„Genau“, meinte Frieda. „Das ist merkwürdig. Das hast du doch selber gerade gesagt.“

„Sag du mir, was es bedeutet“, sagte Nina.

„Mit Träumen kennt sich die Schwarze Witwe besser aus als ich. Ich kenne mich nur aus mit dem, was unsichtbar ist.“

„Träume sind doch auch unsichtbar“, sagte Nina.

„Ist das nicht merkwürdig?“ fragte Frieda.

„Aber ja, das ist es ja“, rief Nina. „Ich soll etwas merken. Nur was?“

„Glaubt die Schwarze Witwe noch immer, daß die kleine Veronika umgebracht worden ist?“ fragte Frieda.

Nina nickte.

„Vielleicht merkt die Schwarze Witwe etwas nicht, und deine Traumelfe will, daß sie es merkt“, schlug Frieda vor.

23

St. Peter zeigte sich festlich gekleidet, als wären die Salzburger Festspiele plötzlich hierher verlegt worden. „Also, wenn zu dem Hauskonzert nur Freunde und Bekannte eingeladen worden sind, dann hat der Friseur aber viele Freunde und Bekannte“, meinte die Schwarze Witwe, als

Nina den kleinen Nissan in eine Parklücke vor dem Rosengasthof fuhr.

„Ich fürchte, wir sind nicht passend angezogen." Nina wies nach draußen. Herausgeputzte Dorfbewohner standen vor der Post und vor dem Friseurladen herum und übten erwartungsvoll, Publikum zu sein. Sie wischte sich imaginäre Stäubchen von ihrer Jeans und rückte die Lederjacke zurecht.

„Vielleicht nicht passend angezogen, dafür aber auch nicht eingeladen", antwortete die Schwarze Witwe.

„Das ist noch das geringste Problem", sagte Nina. „Ich fühle mich in meiner Montur nicht wohl."

„Ich habe es dir immer gesagt", sagte die Schwarze Witwe. „Zieh was Schwarzes an. Mit Schwarz bist du immer richtig angezogen, egal zu welchem Anlaß."

„Schau lieber, ob wir deinen Begleiter finden", sagte Nina und stieg aus.

„Dahinten steht er ja." Die Schwarze zeigte zum Gasthof Buchrieser.

Zibuschka, der für diesen Anlaß seinen dunklen Anzug angezogen hatte, machte ein unglückliches Gesicht. Zwar war er dem verhaßten Tarockabend seiner Mutter entkommen, aber noch mehr haßte er Anlässe, die verlangten, in der kompletten Uniformierung von Anzug, Hemd, Krawatte und unbequemen Schuhen zu erscheinen, anderen Menschen in der gleichen Uniform zu begegnen und mit ihnen über Dinge zu reden, die niemanden interessierten. Neidvoll betrachtete er Nina. Neben ihr ging seine alte Freundin in einem eleganten schwarzen Herrenanzug.

„Warum sind Sie denn zu uns Pinguinen übergewechselt?" fragte er.

„Lieber Zibuschka, erst jetzt in meinen späten Jahren

habe ich die Annehmlichkeit entdeckt, die es bedeutet, einen Herrenanzug zu tragen", sagte die Schwarze Witwe.

„Annehmlichkeit?" fragte Zibuschka überrascht zurück. „Ich fühle mich wie in einen Schraubstock gezwängt, und Sie nennen es Annehmlichkeit?"

„Da können Sie mal sehen, wie unbequem Frauenkleidung sein muß, wenn ich das eine Annehmlichkeit finde, was?" erwiderte die Schwarze Witwe. „Nein, nein, es ist wirklich eine Annehmlichkeit. Man geht in ein Geschäft, sucht sich einen Anzug aus, der wird in einem Tag auf die Figur passend umgeändert, und schon bin ich wer."

„Ja", sagte Nina. „Das ist ganz einfach. Überall ein bißchen weiter gemacht, und schon passen alle Klamotten, die sie kauft."

Sie erntete einen festen Knuff in die Seite. „Dazu noch die Annehmlichkeit, daß man diese Dinger zu jedem Anlaß anziehen kann. Haben Sie eigentlich eine Ahnung, wie viele Gedanken sich eine Frau darüber machen muß, wie oft sie welches Kleid anziehen kann, welcher Pullover zu welchem Rock paßt und solche Dinge?" Sie seufzte. „Welch eine Energieverschwendung."

„Gehen wir?" fragte Nina gelangweilt.

„Ich habe Sie schon angekündigt", sagte Zibuschka. „Wir werden erwartet."

„Tatsächlich?" wunderte sich die Schwarze Witwe. „Hat niemand den Knoblauch zum Fenster rausgehängt?"

„Nein, nein", sagte Zibuschka. „Man war höheren Orts sogar geschmeichelt, diese beiden ungewöhnlichen Neubürgerinnen begrüßen zu dürfen."

„Warum ist das eigentlich so ein Riesenereignis", wunderte sich die Schwarze Witwe. „Ich hatte eher gedacht, es handelt sich um ein kleines familiäres Hauskonzert. Und nun ist ganz St. Peter auf den Beinen. Alles nur, um einen

Knaben auf der Violine herumkratzen zu hören. Fehlen bloß noch Bratwurstbuden, GoGo-Girls und ein Ringelspiel.“

„Da hätte unser fundamentalistischer Pfarrer sich wohl quergelegt“, sagte Zibuschka. „Immerhin verabschiedet sich Kevin, um ins Priesterseminar zu gehen.“

„Warum tut er das?“ erkundigte sich die Schwarze Witwe. „Wie ich gehört habe, ist er ein begabter Geigenspieler. Warum lassen ihn seine Eltern nicht Musik studieren? Statt dessen begraben sie ihn in einem Kloster.“

Zibuschka seufzte und hob die Achseln. „Warum verplanen Eltern ihre Kinder nach ihren Vorstellungen und nicht so, wie es dem Bedürfnis der Kinder entspricht?“

„Zibuschka, irren Sie sich da nicht ein wenig im Jahrhundert?“ fragte die Schwarze Witwe. „Wir leben im ausgehenden zwanzigsten, nicht im neunzehnten.“

Zibuschka sah in eine unbestimmte Ferne.

„Oh, Entschuldigung, Ihre Mutter, ich verstehe“, sagte die Schwarze Witwe. Sie wandten sich zum Haus des Friseurs, vor dem der aufgeregte Buchrieser stand und sämtliche Gäste in seinen Gasthof umdirigierte.

„Darf ich zuerst zu einer kleinen Weinverkostung bitten?“ sagte er. „Die Weinbauern der Region wollen dieses Ereignis zum Anlaß nehmen und ihren heurigen Wein vorstellen. Hier entlang bitte.“ Er wies einem Besucher nach dem anderen den Weg.

„Hoffentlich ist das nicht so ein saurer Klauder, wie Sie ihn sonst servieren,“ sagte Nina und räusperte sich.

Buchrieser fuhr zusammen, als sei ihm das Finanzamt auf den Fersen. „Guten Abend“, zischte er, als er Nina erkannte, und gab sich Mühe, sie zu übersehen. „Darf ich Sie und Ihre Begleitung zu einer kleinen Weinverkostung bitten?“ sagte er zu Zibuschka.

„Guter Mann“, erklärte die Schwarze Witwe. „Ich war noch nie in meinem Leben die Begleitung für irgendwen. Wo ich bin, da spielt der Hauptfilm, ist das klar? Wenn Sie wollen, daß ich mich in Ihr fragwürdiges Etablissement begebe, dann sprechen Sie mich direkt an und äußern Sie Ihre Bitte zügig und bescheiden.“

Buchrieser, der Nina für einen versehentlichen Einzelfall gehalten hatte, machte ein Gesicht, als hätte er eine grauenhafte Erscheinung. Er verstummte und wieselte in seinen Gasthof zurück.

„Guten Abend, meine Damen. Guten Abend, lieber Herr Zibuschka. Ich begrüße Sie herzlich in St. Peter“, sagte ein mittelalterlicher Herr und strahlte geschäftsmäßig.

„Herr Bürgermeister, ich grüße Sie“, tat Zibuschka dem Zeremoniell Genüge. „Sogar die Politik ist anwesend. Ich nehme an, das bedeutet, daß Kevin auf dem besten Wege ist, ein großer Sohn der Gemeinde zu werden.“

„So ist es, so ist es“, sagte der Bürgermeister. „Spielt ja hervorragend Geige, der Junge. Oder war es Klavier?“

„Ich will nach Hause“, erklärte Nina. Die Schwarze gab ihr einen weiteren Knuff.

„Betrachte es als eine dienstliche Unternehmung“, flüsterte sie. „Schließlich ermitteln wir.“

„Echt?“ sagte Nina lustlos. „Warum haben unsere Eltern uns nichts Ordentliches lernen lassen, dann müßten wir jetzt nicht hier sein.“

„Darf ich Sie vor Beginn des Konzerts auf das Gemeindeamt bitten?“ fragte der Bürgermeister. „Wir haben dort für unsere besonderen Gäste einen kleinen Umtrunk vorbereitet, und dürfte ich Sie zu diesem Anlaß außerdem bitten, sich ins Gästebuch der Gemeinde einzutragen?“

„Gern“, sagte Zibuschka und ging voran.

„Was schreiben wir denn diesmal?“ Nina blickte auf das dicke aufgeschlagene Buch.

Die Schwarze Witwe grinste. „Ich glaube, ich habe da etwas Passendes“, sagte sie und schraubte ihren altmodischen Füllfederhalter auf. Sie beugte sich über das Buch und schrieb. Als sie sich wieder aufrichtete, schaute Nina, was ihre Gefährtin geschrieben hatte. Dann lachte sie hell auf.

„Was haben Sie denn geschrieben?“ Zibuschka sah ebenfalls ins Buch. Er las:

Ein jeder Bürgermeister
ist einer Mutter Sohn,
aber was ändert das schon?

Die Schwarze Witwe strahlte. „Mir fällt doch immer etwas Passendes ein“, meinte sie.

„Nur daß wir dann jedesmal umziehen müssen“, maulte Nina.

„Wenn der Kerl das nicht verträgt, hätte er nicht Bürgermeister werden sollen“, konterte die Schwarze Witwe und faßte das kleine, aber üppige kalte Buffet ins Auge. Sie drängte sich in die wartende Schlange und bewaffnete sich mit Teller und Besteck. Zibuschka seufzte ergeben und folgte ihr. Diesen Teil der öffentlichen Veranstaltungen schätzte er durchaus, was ihm allerdings auch anzusehen war.

Nina schlenderte durch den Raum und sah sich um. Amtsstuben bereiteten ihr Unbehagen, auch wenn sie wie jetzt in einen Empfangssaal umfunktioniert waren. *Jeder Bürokrat sollte sich zum Ausgleich in seinem Urlaub drei Wochen ohne Geld und ohne Sprachkenntnisse in einer fremden Stadt durchschlagen müssen,* dachte sie. *Dann hätten wir wahrscheinlich unter weniger Grausamkeiten und Gedankenlosigkeiten dieser Leute zu leiden.*

Sie sah aus dem Fenster zum Haus des Friseurs, vor dem nun wieder Buchrieser stand und die Gäste zur Weinverkostung in sein Gasthaus umleitete. *Ob es der war, der mich niedergeschlagen hat?* fragte sie sich. *Zutrauen würde ich es ihm. Gelegenheit hatte er auch. Er hatte Zeit genug, sich ins Auto zu setzen und auf Umwegen vor mir zum Schwarzenberg zu gelangen, um mich abzufangen. Aber warum sollte er das tun? Nur, weil ich ihn ärgere? Ist er wirklich einer, der hinter kleinen Jungs her ist? Und wenn es so wäre, würde mein Verdacht ihn so beunruhigen, daß er mich überfällt und umzubringen versucht? War es überhaupt ein Mordversuch? Vielleicht war es auch nur ein sogenannter Denkzettel.* Sie holte tief Luft. *Vielleicht wünsche ich mir auch nur, daß er es war, weil er ein widerlicher, unsympathischer Zeitgenosse ist.*

Ihr Blick schweifte über die Straße. Sie sah den Autohändler Burgel, die Tabakwarenhändlerin von gegenüber, Greißler Pürch mit seiner Frau, den Direktor der Post und den Baustoffhändler. Dann entdeckte sie den Pfarrer, der mit finsterer Miene und auf dem Rücken verschränkten Händen zwischen all diesen Menschen schritt, als würde er demnächst auch noch über das Wasser laufen.

Nina runzelte die Stirn. Sie erinnerte sich, daß sie kurz vor dem Überfall den Pfarrer hinter sich im Auto gesehen hatte. *Und wenn er es war?* überlegte sie. *Aber warum sollte er? Gut, er ist nicht ganz richtig im Kopf. Er wird also Bedrohungen empfinden, wo keine sind. Aber wodurch könnte er sich von mir bedroht fühlen? Vielleicht ist er einer, der sich an Jugendlichen vergreift? Wundern würde es mich nicht. Die Kirche wird ein Sammelbecken für derartige Kranke sein. Wenn ich mir überlege, daß er Fotos von sich verteilt. Was denkt sich so einer dabei?* Sie beobachtete ihn und versuchte aus der Entfernung etwas von der ihn umgebenden Aura zu erfassen, zu erspüren, wer er war. Während sie ihn anstarrte, durchpflügte er die Menschenmenge, als wäre sie das Rote Meer und er Moses, der sein Volk sicher hindurchführt.

Nina grinste erheitert und wandte sich wieder zum kalten Büffet, um zu sehen, wie weit die Schwarze Witwe vorgedrungen war. Sie sah ihre Gefährtin heftig kauend in einer Ecke stehen und ihrem Begleiter Zibuschka und einigen anderen Herrn in dunklen Anzügen betont unauffällig nicht zuhören. Aus den Augenwinkeln bemerkte sie noch, daß der Pfarrer stehengeblieben war und voller Entsetzen die Straße hinunterstarrte.

Was hat er denn? dachte sie. Als sie einen Augenblick später wieder hinaussah, war der Pfarrer verschwunden.

Sie schlenderte zu ihrer Gefährtin hinüber und pickte ihr das letzte Canapée vom Teller. „Müssen wir nicht bald hinübergehen?" erkundigte sie sich. „Am Ende fängt das Hauskonzert an, und wir verpassen alles."

„Erzähl mir nicht, daß ausgerechnet du darüber traurig wärest", sagte die Schwarze Witwe und suchte nach einer Möglichkeit, den leergegessenen Teller loszuwerden. Als sie nicht fündig wurde, drückte sie ihn dem heftig parlierenden und daher abwesenden Zibuschka in die Hand.

„Lieber Zibuschka, lassen Sie uns gehen", sagte sie. „Wir dürfen auf keinen Fall das junge Talent versäumen. Wenn er erst hinter Klostermauern verschwunden ist, werden wir lange nichts mehr von ihm hören."

Zibuschka starrte überrascht den benutzten Teller an, während die beiden Frauen sich zum Gehen wandten. Hinter ihnen hereilend verstaute er ihn zwischen einem kümmerlichen Gummibaum und einer staubigen Yucca.

Alle drei eilten die Treppe hinunter und traten wieder auf die Straße. Noch immer waren bemerkenswert viele

Menschen unterwegs. „Wollen die alle den Knaben spielen hören?“ wunderte sich die Schwarze Witwe. „So groß ist das Haus des Friseurs doch gar nicht.“

„Allerdings nicht“, bestätigte Zibuschka. „Schauen Sie dort drüben. Die freiwillige Feuerwehr hat Lautsprecher installiert. Das Konzert findet im kleinsten Kreise statt, aber die Musik wird auf die Straße übertragen.“

„Nicht schlecht“, staunte die Schwarze Witwe. „Woanders hört man auf diese Weise Bierzeltmusik, und hier gibt man Mozart und Beethoven. Da sage niemand, die Provinz sei provinziell.“

„Heute abend sind es Stücke für Violine und Klavier von verschiedenen Komponisten der Barockzeit. Unsere pensionierte Lehrerin begleitet ihn, so gut sie kann“, sagte Zibuschka.

„Können wir nicht von hier unten zuhören?“ nörgelte Nina.

„Wir sind nicht hier, um Musik zu hören“, sagte die Schwarze Witwe. „Wir sind hier, um uns umzusehen.“ Strahlend ging sie dem Friseur entgegen, der seine Gäste an der Tür empfing. Buchrieser hatte offenbar ausreichend Weinverkoster in sein Gasthaus umgeleitet und war nicht mehr zu sehen.

„Mit Ihnen sind wir vollzählig“, sagte der Friseur und schloß die Tür hinter ihnen. Er wies ihnen den Weg, und die drei eilten betont leise ins Wohnzimmer, das zu diesem Anlaß mit zahlreichen Stühlen unterschiedlichen Designs bestückt war, auf denen St. Peterer Bürgerinnen und Bürger saßen und auf den Auftritt des Künstlers warteten. Sie setzten sich hinten auf die letzten drei freien Sitze und blickten ebenso erwartungsvoll wie die anderen Gäste.

Am Klavier nahm eine ältere Dame Platz, während der Friseur, der sich zu diesem Anlaß ebenfalls in einen dunklen Anzug gekleidet hatte, vor seine Gäste trat und sie begrüßte.

„Wie Sie wissen, hat unser Sohn seine Schulausbildung beendet und wird sich nun seiner Berufsausbildung widmen“, sagte er. „Leider konnte er sich nicht entschließen, in meine Fußstapfen zu treten, um unser Geschäft zu übernehmen. Es ist sein glühender Wunsch, Priester zu werden. Mit diesem kleinen Konzert möchte er sich aus unserer Welt verabschieden, bevor er morgen als Novize in das Kloster Mariahilf eintritt.“

Mit höflichem Applaus begrüßten die Gäste den Sohn, der mit der Geige in der Hand das Wohnzimmer betrat. Die alte Lehrerin machte ein Gesicht, als hätte sie eine Gruppe Zehnjähriger zur Gymnastikstunde vor sich, und griff heiter in die Tasten, er hob das Instrument ans Kinn und begann zu spielen.

Die Zuhörer lauschten den zarten Klängen der Violine, die der junge Mann so virtuos spielte, daß alle sich in eine andere Zeit tragen ließen.

„Wunderbar“, flüsterte die Schwarze Witwe. „Der Junge ist wirklich begabt. Was zum Kuckuck will der in einem Kloster? Der gehört auf ein Konservatorium und auf Konzertbühnen.“

„Pscht“, zischte es vor ihr.

„Ich verstehe nicht, daß du so gar nichts aus ihm herausgekriegt hast bei deinen Recherchen beim Buchrieser“, fuhr sie zu Nina gewandt fort. „Du hast es wahrscheinlich nicht ernsthaft genug versucht. Also, wenn ich es gewesen wäre, hätte ich...“

„Pscht“, machte es wieder vor ihr.

„Jetzt seien Sie doch mal still, guter Mann“, sagte sie zu dem vor ihr sitzenden Gast. „Bei Ihrem Gezische kann sich ja kein Mensch unterhalten.“

Empört drehte der so Angesprochene sich um, überrascht starrte die Witwe in das Gesicht des Abtes des Klosters Mariahilf.

„Allmächtige Mutter", entfuhr es ihr. „Beelzebub persönlich. Jetzt verstehe ich, warum St. Peter so einen Aufwand betreibt. Fehlt nur noch der Papst."

24

„Hast du das Gesicht dieses Abtes gesehen, als er entdeckte, daß wir hinter ihm saßen?" Nina nahm den Dachziegel entgegen, den die Schwarze Witwe ihr reichte.

„Ein so böses Gesicht vergesse ich nicht", antwortete die Schwarze und griff nach dem nächsten Ziegel.

„Das ist das zweitemal, daß St. Peter durch so hohen Besuch geehrt wurde", sagte Nina und nahm auch diesen Ziegel entgegen.

„Ja", sagte die Schwarze. „Und beide Male inoffiziell." Wieder bückte sie sich und griff nach einem Dachziegel.

Nina legte ihn fachgerecht auf die Lattung.

„Das ist das letztemal, daß wir ein Dach decken", murrte die Schwarze Witwe. „Der Rücken tut mir weh, die Haut juckt von diesem scheußlichen Tonstaub, ich kann kaum noch stehen, und wenn du es genau wissen willst, ich habe weiß Göttin andere Dinge zu tun."

„Wenn du schwindelfrei wärest, ginge alles viel schneller", sagte Nina.

„Eine Frau ist keine Taube", sagte die Schwarze Witwe. „Wenn die Göttin gewollt hätte, daß wir auf Dächern herumsitzen, hätte sie uns Flügel gegeben."

„La Paloma ohé", sang Nina.

„Einmal muß es vorbei sein", sang die Schwarze Witwe zur Antwort.

Nina lachte. „Dauert nicht mehr lange. Denk einfach an die armen Ziegen in dem dunklen Stall, die darauf warten, endlich im Sonnenlicht stehen zu dürfen, Gras fressen, herumspringen..."

„Ja", sagte die Schwarze Witwe. „Und meine Gemüsepflanzen abfressen. Ich ahne, was da auf uns zukommt."

„Dann bauen wir eben auch noch einen schönen Zaun um den Gemüsegarten", sagte Nina.

„Nimmt das denn nie ein Ende?" Die Witwe starrte auf die lange Reihe von Dachziegeln, die alle noch aufs Dach befördert werden sollten. „Es gibt nichts Faderes als Bauarbeiten", maulte sie.

„Halte durch, meine Schöne", versuchte Nina sie aufzumuntern. „Du wirst durch dankbare Ziegengesichter belohnt werden. Andere Frauen zahlen im Fitneßstudio viel Geld, um sich einmal so abarbeiten zu dürfen. Und du kriegst sogar noch etwas geschenkt: einen Stall und lauter niedliche Ziegen."

„Ich habe keinen Bock auf Ziegen", murrte die Schwarze Witwe. „Ich möchte viel lieber diesem mysteriösen Abt auf die Finger klopfen. Veronika Rauch und ihr Tod lassen mir keine Ruhe."

„Erst die Ziegen, dann das Vergnügen", sagte Nina. „Und nun reich mir bitte den Rest der Dachziegel herauf, sonst werden wir nie fertig."

Die Schwarze Witwe bückte sich seufzend. „Hattest du den Eindruck, daß der kleine Geiger besonders glücklich über seinen Eintritt ins Kloster war?"

„Nein", meinte Nina. „Dieser Ziegel ist kaputt. Bitte einen neuen."

„Das Dumme ist, daß der Kleine wirklich in der Versenkung verschwunden ist. Wir können ihn nicht mehr befragen."

„Einen neuen Dachziegel bitte", sagte Nina. „Fang jetzt nicht wieder davon an, ich hätte ihn besser ausfragen sollen. Der Kleine ist ein Stiller, der den Mund nicht aufmacht. Ich hatte keine Chance."

Die Schwarze Witwe reichte ihr einen Dachziegel. „An den Abt komme ich auch nicht heran", sinnierte sie.

„Nicht einmal, wenn du ins Koster gehst", meinte Nina. „In Mariahilf dürfen nur Männer hinein. Du bist selbst in einem Herrenanzug sofort als weibliches Wesen zu erkennen. Außerdem gibt es so etwas nur im Film."

„Was?" fragte die Schwarze geistesabwesend.

„Du weißt schon, Gustaf Adolfs Page. Daß Frauen sich als Männer verkleiden und nicht erkannt werden."

„Stimmt", sagte die Schwarze Witwe. „Aber du weißt, es gibt immer eine Lösung. Irgendwie werde ich es schaffen, mir diesen Kevin noch einmal vorzuknöpfen."

„Das glaube ich dir sofort" sagte Nina. „Den nächsten Dachziegel bitte."

Die Schwarze Witwe bückte sich ächzend. „Ich mache dich darauf aufmerksam, daß ich hier unten bei weitem den anstrengenderen Job habe."

„Ich bedaure dich zutiefst", sagte Nina. „Dieser Dachziegel hat auch einen Sprung. Bitte einen neuen."

„Ich hasse dich. Ein wenig mehr Anteilnahme hätte ich verdient."

„Mopp." Olga kam auf ihrem Verdauungsspaziergang an den aufgestapelten Dachziegeln vorbei.

„Nein", schrie Nina von oben.

„Nicht, Olga, nicht!" brüllte die Schwarze Witwe. „Schlimmes Mädchen."

„Schön brav sein, Olgalein“, flötete Nina und kletterte die Leiter hinunter.

„Klirr“, sagten die Dachziegel, als Olga begann, sich genüßlich an ihnen zu schubbern.

„Weißt du eigentlich, was das kostet, du brachiale Sau?“ schrie die Schwarze Witwe und versuchte verzweifelt, das Schwein von den Dachziegeln wegzudrängen.

„Es muß einfachere Möglichkeiten geben, sich das Leben schwerzumachen“, seufzte Nina. Die Schwarze Witwe versetzte der Sau einen finalen Stoß mit der Hüfte.

Ungehalten ob der rüde unterbrochenen Hautpflege schaukelte Olga davon und machte sich mit elegantem Hüftschwung auf den Weg den Hügel hinunter.

„Jetzt schau dir das an.“ Nina betrachtete zornig den Haufen zerbrochener Dachziegel. „Mit denen, die heil geblieben sind, kommen wir nicht aus. Bis ich neue geholt habe, ist es dunkel. Wir können nicht weiterarbeiten.“

„Wie schade!“ heuchelte die Witwe.

„Falsche Schlange!“ antwortete Nina und ging ins Haus. Die Schwarze Witwe folgte ihr, erfreut über den unerwarteten Feierabend.

„Eine Gemeinsamkeit haben der Abt und Kevin doch“, sagte sie, während Nina sich im Badezimmer wusch.

„Was denn?“ fragte Nina.

„Das Geigenspiel. Erinnerst du dich? Als wir im Gleichenberger Schloß waren, haben wir gesehen, wie der Abt davongefahren ist. Und der Hausmeister erzählte uns, daß der Abt von Zeit zu Zeit auf der Zinfandel spielt.“

„Ach je, die Zinfandel, die habe ich ganz vergessen“, sagte Nina. „Auf was für einer Geige hat denn der Sohn des Friseurs gespielt?“

„Keine Ahnung. Aber sicher nicht auf der Zinfandel. Ob das überhaupt die einzige Zinfandel ist, die es gibt?“

„Gute Frage“, meinte Nina. „Aber ich habe augenblicklich andere Sorgen. Ich fahre zum Baustoffhändler nach St. Peter, bevor der zumacht. Dann können wir morgen früh um sechs Uhr mit dem Dachdecken fortfahren.“

„Mir bleibt aber auch gar nichts erspart“, murmelte die Schwarze Witwe.

Nina pfiff die Hunde herbei und stieg mit ihnen ins Auto. Die Schwarze Witwe sah ihr nach, wie sie davonfuhr. Dann setzte sie sich gemütlich mit einem Glas Rotwein auf die Terrasse vor das Haus und sah in die weite Hügellandschaft. *Warum geht ein zukünftiger Geigenvirtuose ins Kloster?* grübelte sie. *Vielleicht finanziert das Kloster sein Musikstudium? Unwahrscheinlich.* Sie verwarf diesen Gedanken. *Wenn der Abt und der Sohn des Friseurs das Geigenspiel als Gemeinsamkeit haben, welche Gemeinsamkeit hatten dann der Abt und die tote Veronika Rauch? Kevin und Veronika waren befreundet, soviel ist sicher. Aber der Abt und Veronika? Es muß doch einen Grund dafür geben, daß der Abt auf Veronikas Beerdigung erschien. Oder vielmehr nicht erschien. Und sich auch noch bemüßigt fühlte, Erklärungen abzugeben, warum er nicht erschien. Gibt es eine Verbindung zwischen dem Abt und dem Pfarrer von St. Peter? Vielleicht wollte er dem Pfarrer auf der Beerdigung nicht begegnen. Aber welchen Grund sollte es dafür geben?*

Sie seufzte, stand auf und ging ins Haus. Zwischen den CDs suchte sie nach passender Musik. „Ach, da haben wir ja etwas“, sagte sie und legte die Scheibe auf. Dann kehrte sie auf die Terrasse zurück und lauschte. *Johann Pachelbel. Kanon für drei Violinen und Generalbaß. Wann hat der gelebt?* Sie blickte auf die Hülle der CD. *1653 bis 1706,* las sie. *Schau an. Diese Musik könnte Veronika Rauch gekannt und gespielt haben.* Sie lächelte und schloß die Augen. *Nein,* dachte sie. *Pachelbels Musik habe ich zwar gekannt, aber nie gespielt.*

Eine große Traurigkeit begann von ihr Besitz zu ergreifen. Tränen liefen ihr über das Gesicht, und als sie sich schneuzte, bemerkte sie, daß ihre Nase wieder zu bluten begonnen hatte. Sie drückte das Taschentuch fest an die Nase, um die Blutung zu stillen, und begann, sich zu fürchten. *Die Grenzen zwischen den verschiedenen Wirklichkeiten sind manchmal sehr fein,* dachte sie und wunderte sich über sich selbst. *In der letzten Zeit scheinen die Schleusen in die Anderswelt weit offen zu stehen.* Sie erschauerte. *Was hat dieses Nasenbluten zu bedeuten,* fragte sie sich. *Sie haben mich damals so geschlagen, daß meine Nase brach und zu bluten begann,* antwortete es in ihr. *Ich kann noch froh sein, denn sie haben mich zwar geschlagen und mir den Kopf geschoren, dann haben sie mir meine Kleider weggenommen, wenn sich ein paar Nonnen nicht erbarmt hätten, hätte ich nicht einmal dieses zerschlissene Nonnenkleid gehabt, aber sie haben mich nicht so gefoltert wie viele andere Frauen. Jagoda hat mir von diesen grausamen Stachelstühlen erzählt, auf die sich die Frauen setzen mußten, und von noch viel entsetzlicheren Dingen.* Die Schwarze Witwe verbarg ihr Gesicht in den Händen, während Pachelbels Musik ausklang. Sie sah das Gesicht des spanischen Inquisitors vor sich und begriff, daß er dem Abt des Klosters Mariahilf ähnelte, als wären sie Brüder. *Beelzebub,* dachte sie. *Der Herr der Fliegen. Ich habe noch eine Rechnung mit dir offen, du bocksgesichtiger Frauenmörder. Diesmal bringe ich dich zur Strecke. Du wirst die Folgen deiner Taten erkennen und an dieser Erkenntnis zerbrechen.*

Sie schluchzte auf, schüttelte sich und griff nach ihrer schmerzenden Nase. Die Decke, die über den Erinnerungen an die Hexenmorde lag, war wirklich sehr dünn. Sie hielt inne, als sei der Fluß der Zeit mit einemmal stehengeblieben. Ganz still stand sie und sah ins Nichts. Plötzlich wußte sie, daß es um die Zinfandel ging. Daß es immer um die Zinfandel gegangen war, heute wie damals. *Die Geige ist das Verbindungsstück zwischen allem,* dachte sie. *Wenn ich herausgefunden habe, warum, habe ich das Rätsel um den angeblichen Unfalltod gelöst.* Sie wurde ganz ruhig, beinahe zufrieden, goß sich Rotwein nach und trank einen Schluck. Als der Wein ihre Kehle hinunterrann, nahm die Zeit ihren Fluß wieder auf und trug sie zurück in die Wirklichkeit des Alltags.

Als Nina nach Hause kam, fand sie eine gelassen heitere Gefährtin vor, die mitten in den Vorbereitungen für ein üppiges Abendessen steckte.

„Was hältst du von jungen Steinpilzen und neuen Kartoffeln?" fragte sie und wischte sich in Ermangelung einer Schürze die Hände an der Hose ab. „Hol mir doch rasch noch ein wenig Petersilie aus dem Garten."

„Das kann ich nicht", entgegnete Nina.

„Wieso nicht?" Die Schwarze Witwe schnitt Zwiebeln.

„Weißt du das nicht mehr?" fragte Nina. „Du hast mir doch Gartenverbot erteilt."

„Was habe ich?"

„Ja, Gartenverbot", sagte Nina. „Weil ich beim letztenmal, als ich die Trittwege gemäht habe, angeblich deinen schönsten Petersilienstock umgenietet habe."

„Hast du auch", sagte die Witwe. „Eine Unverschämtheit. Er war gerade so schön gediehen. Außerdem habe ich nicht gesagt, daß du Gartenverbot hast, sondern daß ich dich nur noch unter Aufsicht in den Garten lasse. Aber jetzt mache ich eine Ausnahme. Steinpilz ohne Petersilie schmeckt nur halb so gut."

„Also gut“, sagte Nina. „Dein Risiko.“

„Hol die Petersilie. Faß sonst nichts an und reiß vor allem nichts aus.“ Die Schwarze schnitt die jungen Steinpilze in Scheiben.

25

Jagoda Zinfandel betrachtete im kargen Licht des Morgengrauens den Schlaf ihrer Liebsten und lächelte. Zart strich sie ihr über den Kopf und blies ihr leicht ins Gesicht. Veronika krauste die Nase und drehte sich zur Wand. „Wach auf“, flüsterte Jagoda. „Die Sonne geht gleich auf.“

Veronika zog die braun-rot-golden bestickte Decke über den Kopf. Jagoda lächelte und legte sich auch noch einmal nieder. Sie starrte gegen die niedrige dunkle Balkendecke und ging im Geist noch einmal ihre Überlegungen zur Verbesserung des Klangs ihrer neuen Geige durch. *Welcher kann ich alle meine Geheimnisse über den Geigenbau anvertrauen, wenn ich einmal alt bin?* dachte sie dann. *Bis heute hat sich kein Mädchen gefunden, das talentiert genug für den Geigenbau ist, und einem Mann werde ich die Rezepte nicht anvertrauen, das habe ich bei der Großen Diana geschworen.* Trotz des sommerlichen Wetters fröstelte sie ein wenig. *In meinem Haus ist es immer ein bißchen zu kühl*, dachte sie.

Veronika bewegte sich im Schlaf und drehte sich auf den Bauch.

Jagoda starrte weiter an die Balkendecke und begann sich zu langweilen. *Gleich stehe ich auf und mache uns eine heiße Schokolade. Ich habe ein wenig Pulver von der*

Gallerin aus Riegersburg geschenkt bekommen. Ich habe ihre alte Geige repariert, dafür hat sie mir das Pulver geschenkt. Sie verschränkte die Arme hinter dem Kopf. *Wir werden eine heiße Schokolade trinken, und dann wird Veronika meine neue Geige ausprobieren und mir ein wenig vorspielen.*

Sie drehte sich zur schlafenden Veronika. „Wach auf!" sagte sie. „Heute ist Walpurgis. Wir haben viel zu tun."

Veronika streckte sich und schlug die Augen auf. „Walpurgis", sagte sie. „Das habe ich ganz vergessen." Sie sprang aus dem Bett und begann, sich hastig anzukleiden.

„Ich habe noch soviel zu tun", fuhr sie fort. „Alle Kräuter hängen noch auf dem Dachboden. An Walpurgis bereite doch immer ich den Sud für alle Frauen vor. Ich bin nur froh, daß gerade nichts im Weingarten zu tun ist, und den Buschenschank führt meine Schwägerin zur Zeit."

„Welche Kräuter hast du diesmal ausgewählt?"

„Bingelkraut, Fingerhut und Stechapfel", sagte Veronika. „Dazu Johanniskraut und Wermut vom vergangenen Jahr, ein wenig Labkraut und etwas Wiesensalbei."

„Sehr gut", meinte Jagoda. „Du lernst schnell."

„Ich werde auch den heiligen Platz schmücken", sagte Veronika. „Ich habe beschlossen, in diesem Jahr einen Kreis aus Vogelfedern zu legen."

„Da brauchst du aber viele Federn", meinte Jagoda.

Veronika lachte. „Ich sammle schon seit Monaten, und erstaunlicherweise habe ich viele gefunden. Besonders Krähenfedern. Manchmal war es, als hätte jemand Vogelfedern auf meine Wege gestreut."

„Wer weiß", entgegnete Jagoda. „Wo werden wir uns treffen?"

„Oben am Schlangenberg", antwortete Veronika. „Wie in jedem Jahr an Walpurgis."

„Nicht in jedem Jahr“, sagte Jagoda. „Hast du vergessen, daß wir die vergangenen drei Jahre immer einen anderen Platz gesucht haben, für jedes unserer Feste? Auf den Stradner Kogel und den Gleichenberger Kogel können wir nicht mehr gehen, weil sie uns dort auflauern. Auch der Leibnitzer Frauenberg ist nicht mehr sicher.“

Veronika nickte ernst. „Die Inquisition, ich weiß“, sagte sie leise. „Ich glaube, die Welt wird den Christen gehören. Wir sind so wenige geworden.“

Jagoda, die sich nun auch angekleidet hatte, ging in die Küche und suchte Holz für den Herd. Sie nahm auch ein wenig Stroh und zündete es an. Vorsichtig blies sie in die Flammen, bis ein richtiges Feuer entstanden war. Dann verschloß sie das Herdloch und goß aus einem Krug Milch in den Topf, den sie auf den Herd stellte. Langsam rührte sie das Kakaopulver hinein und wartete, bis die Milch zu kochen begann.

Veronika schnürte sich das Mieder über der Brust, als sie die Küche betrat. „Ich werde heute keine Zeit haben, die neue Geige auszuprobieren.“

„Du mußt, ich kann sonst nicht weiterarbeiten“, sagte Jagoda. „Nur ein halbes Stündchen. Wenn der Klang noch nicht richtig ist, muß ich die gesamte Leimung unter Dampf wieder auflösen und die Wölbung noch einmal bearbeiten. Es ist nicht mehr viel Zeit. Eigentlich hätte die neue Geige für Walpurgis schon fertig sein sollen.“

„Ist sie vielleicht. Wer weiß, möglicherweise hast du dich diesmal selbst übertroffen und mußt gar nichts mehr ändern.“

„Aber wenn doch, wird die Zeit mir zu knapp.“

„Aber die Kräuter“, wandte Veronika ein.

„Auch mußt du von der Schokolade kosten, die ich gerade bereite.“

Sie goß die heiße Schokolade in zwei Schalen und reichte eine ihrer Gefährtin.

Veronika schnupperte und nahm einen Schluck. „Ich kann mich an diesen Geschmack einfach nicht gewöhnen", sagte sie. „Mir wird immer ganz schlecht davon. Es drückt auf den Magen, und ich bekomme Lust, etwas Saures oder Salziges zu essen. Ich glaube, diese neue Mode wird schnell wieder vergehen." Sie stellte die Schale auf den Tisch und eilte hinaus.

Jagoda rannte ihr nach. „Halt!" rief sie. „Nur einen Augenblick."

Veronika lachte. „Also gut. Jetzt zeig sie mir schon, deine neue Schönheit."

Gemeinsam gingen sie in Jagodas Werkstatt. In dem kleinen Raum lagen auf alten, schon ganz zerarbeiteten Tischen Ausstoßeisen, Zirkel, Wölbungshobel und andere scharfe Klingen. Dazwischen standen Tonschalen mit Fisch- und Knochenleim. An der Wand hingen sauber aufgereiht Holzzwingen und Zuleimschrauben. Von der Decke hingen Lammsaiten. Es roch würzig nach geschnittenem Holz und Sägespänen. Jagoda ging zu einer Holztruhe und öffnete sie. Sie nahm die Geige heraus, als sei sie aus Glas, und reichte sie voller Stolz Veronika.

Die nahm das Instrument und betrachtete es prüfend von allen Seiten. „Sie sieht wunderschön aus", sagte sie. Dann griff sie nach einem Bogen und setzte die Geige ans Kinn. Mit zarten Bewegungen begann sie zu spielen.

Jagoda setzte sich auf ihren kleinen Holzschemel und lauschte aufmerksam prüfend der Musik. Als Veronika geendet hatte, sah Jagoda sie fragend an.

„Was meinst du?"

„Sie ist perfekt", antwortete Veronika bewundernd. „Die beste, die du je gebaut hast."

„Keine Geige ist wie die andere“, antwortete Jagoda. „Darum kannst du gar nicht sagen, ob sie besser ist als die anderen.“

„O doch, das kann ich“, widersprach Veronika. „Du baust sie, aber ich kann beurteilen, was du baust.“

„Andere auch“, antwortete Jagoda. „Die Herren von Schloß Gleichenberg haben mir ausrichten lassen, daß sie jährlich eine Geige von mir wollen. Wenn ich sie ihnen nicht gebe, verliere ich Haus und Werkstatt, die ihnen gehören, wie sie behaupten. Sie wollen mir das Aufenthaltsrecht in der Stadt entziehen.“

„Jährlich eine Geige?“ meinte Veronika. „Das würde bedeuten, daß alle Geigen, die du baust, in den Besitz der Schloßherren übergehen. Wovon sollst du dann leben?“

„Das ist ihnen ziemlich gleichgültig. Sie haben auch gesagt, für den Lebensunterhalt einer Frau habe ein Mann zu sorgen. Es sei nicht notwendig, daß ich freie Handwerkerin sei. Ich soll einen Handwerker heiraten und ihm viele Kinder gebären. Das sei gottgewollt.“

„Was wirst du tun?“ fragte Veronika.

„Ich weiß es nicht“, antwortete Jagoda. „Aber eines ist sicher. Niemals werde ich auch nur eine einzige Geige für die Schloßherren bauen. Meine Geigen sind nicht für die Herren bestimmt. Denk nur, was sie mit der heißen Quelle gemacht haben, die Philippine Sudy gehört hat.“

„Ich weiß es nicht“, sagte Veronika.

„Sie haben ihr die Quelle weggenommen, danach haben sie sie als Hexe angeklagt und ermordet. Anschließend haben sie eine Mauer um den Grund gezogen, so daß niemand außer ihnen die Quelle nutzen kann. Aber auch sie nutzen die Quelle nicht, weil sie gar nicht wissen, was sie damit anfangen sollen. Sie waschen sich ja nicht einmal. Wenn ihre Ausdünstungen so übel werden, daß sie es selbst nicht mehr aushalten, überschütten sie sich mit Parfüm, das sie sich aus fremden Ländern bringen lassen."

„Puh!" sagte Veronika. „Aber warum wollten sie dann die Quelle haben?"

„Ich weiß es nicht. Ich glaube, sie wissen es auch nicht. Sie wollen einfach alles besitzen. Es geht ihnen nicht um den Nutzen. Es ist Eifersucht und Neid. Sie wollen nicht, daß andere die Quelle nutzen."

„Dann soll auch niemand auf deinen Geigen spielen?" fragte Veronika.

„Wahrscheinlich nicht", meinte Jagoda. „Sie wollen sie haben. Nur haben. Sie wissen nicht, wie die Magie funktioniert. Keiner der Schloßherren kann Geige spielen. Sie glauben, es ist das Instrument, das die Magie herstellt. Also stelle ich mir vor, daß sie vielleicht einen jungen Musiker ins Schloß holen, der ihnen mit meinen Geigen ein wenig Tischmusik macht und dafür im Schloß leben darf. Oder sie sperren meine Instrumente in einen Schrank, wo niemand sie berühren darf."

„Ich fühle mich wie ein Kaninchen, das in einer Schlinge gefangen wurde", sagte Veronika verzweifelt.

„Unterschätz mir die Kraft des Kaninchens nicht", entgegnete Jagoda. „Es ist das einzige Tier, das das Gift des Stechapfels verträgt."

„Wenn das Kaninchen erst einmal in der Schlinge hängt, nützt ihm das auch nichts mehr." Veronika zog ihr Tuch über die Schultern und band die Kopfhaube unter dem Kinn zu. „Ich muß jetzt gehen. Auf heute abend auf dem Schlangenberg. Und achte gut auf diese kleine Schönheit." Sie strich noch einmal liebevoll über das Holz der Geige. Dann umarmte sie ihre Freundin und eilte ins Freie.

26

Dämmerung fiel über den Schlangenberg. Am Steinkreis hockte Veronika Rauch und legte ihre Federn aus. Ihr langes Kleid hatte sie gegen eine Männerhose und hohe Stiefel ausgetauscht. Auf dem Kopf trug sie einen Männerhut, der ihr Gesicht weitgehend verdeckte. Sie summte eine beschwörende einfache Melodie und war völlig versunken in ihre Vorbereitungen zum Walpurgisfest.

Als der Mond durch die Wolken brach, traten drei Frauen aus dem Wald auf den Platz.

„Grüßt euch“, sagte Veronika. „Wie viele Frauen kommen noch?“

„Keine mehr“, antwortete Jagoda. „Nur die Pfaffenbichlerin, die Spiessbergerin und ich.“

„Das sind zu wenige, um die Zeremonie so abzuhalten, daß es Diana freut“, sagte Veronika enttäuscht.

„Du mußt verstehen“, entgegnete die Pfaffenbichlerin. „Die meisten von uns haben Angst. Sie haben sich taufen lassen und gehen lieber zu den Christen in die Kirche, als daß sie mit ihrem Leben dafür bezahlen, Diana zu ehren.“

Verächtlich spuckte Veronika aus. „Ich verstehe“, antwortete sie zornig. „Aber es gefällt mir nicht. Jedenfalls bin ich froh, daß ihr zwei euch nicht habt einschüchtern lassen.“

Die Spiessbergerin räusperte sich und zog verlegen mit ihrer Schuhspitze Kreise in den Sand. „Es ist auch so, daß wir heute nacht das letztemal dabei sind.“

„Aha“, sagte Veronika.

„Ja", sagte die Pfaffenbichlerin. „Es wird zu gefährlich."

„Du also auch", entgegnete Veronika.

„Ich habe zwei Kinder", hielt ihr die Pfaffenbichlerin entgegen. „Ich muß sie schützen. Sie sperren auch die Kinder ein und foltern sie, vergiß das nicht."

„Ich sehe es ein", sagte Veronika. „Du mußt an deine Kinder denken."

„Das ist das Unerträgliche", erklärte Jagoda. „Sie machen auch vor den Kindern nicht Halt."

„Ganz im Gegenteil", entgegnete die Spiessbergerin. „Gerade auf die Kinder haben sie es abgesehen. Sie bringen die widerspenstigen Frauen um und vergiften den Kindern das Herz. Sie stellen grausame Dinge mit ihnen an. Widerliche, ekelhafte Dinge. Erwachsene Männer, die mit Kindern machen, was sonst nur Liebespaare miteinander tun, ihr wißt schon, was ich meine. So war es immer. Das ist die Art und Weise, wie sie ihre Macht festigen."

„In den Kirchen können wir zur Maria beten. Sie ist auch eine Göttin", meinte die Pfaffenbichlerin. „Auf diese Weise ehren wir die Große Mutter und bleiben doch am Leben."

„So werde ich also die letzte sein, die übrigbleibt", meinte Veronika traurig.

„Es gibt auch noch mich", widersprach ihre Gefährtin.

„Zwei sind nicht genug", entgegnete Veronika. „Wir müssen mindestens drei sein, um die alten Zeremonien abzuhalten. Schon zu dritt ist es sehr schwer."

„Was heißt drei. Mindestens eine muß übrigbleiben, um die alten Zeremonien zu bewahren und weiterzugeben", sagte Jagoda. „Vielleicht kommt eine Zeit, in der es wirklich so ist, wie du befürchtest. Mag sein, daß die Christen unser aller Leben für eine lange Zeit endgültig beherrschen. Es ist zu gefährlich, Diana zu ehren. Aber es wird auch wieder eine andere Zeit kommen, und dann sollten unsere Zeremonien nicht vergessen sein."

„Veronika Rauch, die letzte Tochter der Diana", sagte Veronika vor sich hin.

„Paß nur auf, daß es nicht heißt, Veronika Rauch, die letzte Hexe, die verbrannt wurde", warnte die Spiessbergerin. „Und nun laßt uns beginnen, damit ich bald wieder daheim bin. Ich möchte auf keinen Fall, daß meine Nachbarn Argwohn schöpfen."

Die Frauen verharrten in ratlosem Schweigen.

„Wenn es das letztemal ist, daß wir eine Zeremonie abhalten können, dann laßt uns beginnen" meinte auch Jagoda.

„Ich habe Angst, daß es überhaupt das letztemal ist, daß wir beieinander sind." Veronika hatte Tränen in den Augen. „Ich fürchte, daß wir uns nie wiedersehen werden."

„Sieh nicht alles gleich so schwarz", sagte die Spiessbergerin. „Wenn wir vernünftig sind, wird uns schon nichts geschehen."

Veronika ergriff Jagodas Hand und preßte sie fest. „Komm morgen in der Früh zu mir und bring deine Geige mit", flüsterte sie. „Ich habe Angst."

„Ich werde kommen", flüsterte Jagoda zurück. „Hab keine Angst. Dir soll nichts geschehen. Du mußt die alten Zeremonien bewahren. Wenn die Welt eines Tages deinen Namen hört, werden die alten Feste der Göttin wieder abgehalten, und Diana kehrt in die Welt zurück."

27

Die Schwarze Witwe öffnete die oberste Schublade der Kommode und starrte auf die Ansammlung von Vogelfedern. Zuoberst lagen die Krähenfedern, die sie auf dem Parkplatz des Gleichenberger Schlosses gefunden hatte. Gedankenverloren nahm sie die größte und schönste in die Hand und betrachtete sie von allen Seiten. Dann schloß sie die Augen und strich sich mit der Feder über das Gesicht.

Was hat es mit diesen Federn auf sich? überlegte sie. *Alle Frauen lieben Blumen, und alle Frauen lieben Vogelfedern.* Sie schloß die Lade und zündete zwei Kerzen an, die in Haltern auf der Kommode standen. *Und ein weiteres sind Kerzen,* dachte sie. *Blumen, Federn, Kerzen. Die alten Utensilien.* Wieder öffnete sie die Kommodenlade, um die Krähenfeder hineinzulegen. Dabei fiel ihr Blick auf Veronika Rauchs Tagebuch, das ganz nach hinten gerutscht war.

Schau an, dachte sie. *Vielleicht sollte ich es noch einmal lesen. Kann ja sein, daß ich etwas übersehen habe. Könnte sogar etwas Wesentliches sein.* Sie nahm das Tagebuch und setzte sich auf das Sofa vor dem Kamin. Bevor sie es aufschlug, stand sie noch einmal auf und holte die Krähenfeder aus der Schublade. Dann kehrte sie zum Sofa zurück und schlug Veronika Rauchs Tagebuch auf, die Feder neben sich.

Noch einmal las sie sich durch den Mädchenalltag mit allen für Veronika so bedeutenden Ereignissen, die aus der Sicht einer älteren Frau zu den kleineren Sorgen gehörten. *Ich erinnere mich,* dachte sie wehmütig. *Als ich in Veronikas Alter war, machte ich mir um alles Sorgen, um mein Aussehen, meine Schulnoten, meine Zukunft, die Liebe, und alles war so elend fad und langweilig. Ich kam mir blöd und ungehobelt vor. Mir war bewußt, daß ich keine Ahnung vom Leben hatte, und die Tragödie war, daß ich niemanden kannte, die ich hätte fragen oder die mir eine Hilfe hätte geben können. Ich bin so froh, daß das lange vorbei ist.*

Dann vertiefte sich sich wieder in die Notizen einer jungen Frau, für die es bis vor kurzem alles andere als vorbei gewesen, die inzwischen von den Banalitäten des Alltags einer Achtzehnjährigen Lichtjahre entfernt war. *Hättest du anders gelebt, wenn du gewußt hättest, daß du so jung sterben mußt, Veronika?* fragte sie.

Frustriert von der Unergiebigkeit ihrer Lektüre blätterte sie weiter. Plötzlich stieß sie auf eine Notiz, die sie beim ersten Lesen übersehen haben mußte. *„P. Z. will mich v. T. erlösen. Angst.“*

„Merkwürdig“, sagte sie und las es noch einmal.

„Was ist merkwürdig?“ Nina hatte in Begleitung von Kurti und Klara das Haus betreten.

„Jetzt paßt doch auf, ihr Hunde!“ brüllte die Schwarze Witwe. „Und trampelt nicht mit euren Schlammfüßen über meine Indizien.“ Sie riß Veronikas Tagebuch hoch und ließ die stürmische Begrüßung der Hunde über sich ergehen. „Kennst du einen P. Z.?“ fragte sie.

Nina schüttelte den Kopf. „Chantal, Nicole, Jeannine“, sagte sie. „Dazu Kevin. Nein, auf keinen paßt das. Buchrieser kann es auch nicht sein.“

„Vielleicht Zibuschka?“ überlegte die Schwarze Witwe. „Nein, der heißt Gerhard.“

„Vielleicht hat sie ihm einen Kosenamen gegeben", gab Nina zu bedenken. „Wie wäre es mit Putzibär?"

„Unsinn", widersprach die Schwarze Witwe. „Nicht mein Zibuschka. Ich habe zwar keine Ahnung, wie er sein Liebesleben gestaltet. Aber ich kann mir nicht vorstellen, daß er sich für so junge Mädchen interessiert."

„Wenn wir es allen, die auf eher eigenartigen libidinösen Pfaden wandeln, ansehen würden, hätten wir's leichter", gab Nina zu bedenken.

„Was willst du damit sagen?"

„Ich will damit nur andeuten, daß wir nicht in Zibuschkas Herz schauen können, um es mal ein wenig poetisch auszudrücken", erklärte Nina.

„Wie wahr", seufzte die Schwarze Witwe. „P. Z.? Das kann Mann wie Frau sein. Schwierig, schwierig."

„Schick mich bitte nicht in Trance, um den Träger dieser Initialen herauszufinden", warnte Nina ihre Gefährtin.

„Sicherlich nicht", beruhigte die Schwarze sie. „Dazu ist das viel zu ungenau."

„Das beruhigt mich."

„Sieh mal", sagte die Witwe, nachdem sie weitergelesen hatte. „Hier taucht schon wieder P. Z. auf." Sie deutete auf eine Seite des Tagebuches.

Nina las: *„P. Z. sagt, daß ich endlich aufhören muß. Musik ist eine Versuchung."*

„Weißt du, wie das klingt?" meinte die Schwarze Witwe zögernd.

Nina schüttelte den Kopf.

„Das klingt, als spräche der gute Pfarrer aus St. Peter."

„Hast du eine Ahnung, wie der heißt?" fragte Nina.

Nun schüttelte die Schwarze Witwe den Kopf.

„Ruf doch Zibuschka an, der wird es wissen", schlug Nina vor.

„Das geht nicht“, sagte die Schwarze Witwe. „Ich kenne ihn nur geschäftlich. Und ich habe ihn noch nie privat angerufen. Schon gar nicht um diese Zeit. Es ist nach zehn. Ich nehme an, da schläft seine Mutter schon.“

„Ich verstehe“, sagte Nina. „Aber wie kriegen wir heraus, wie der Pfarrer heißt?“

„Lydia“, schlug die Witwe vor. „Ruf Lydia Rosen an. Die wird doch wissen, wie der Pfarrer ihrer Gemeinde heißt. Und Lydias Mutter schläft um diese Zeit gewiß nicht, sondern ist im Gasthaus und arbeitet.“

„Lydia“, sagte Nina. „Das mach ich.“ Sie ging zum Telefon und wählte.

Die Schwarze Witwe hörte sie sprechen und lachen. Während Nina telefonierte, las sie weiter.

„Schau an“, sagte sie leise. „Warum habe ich das beim erstenmal nicht bemerkt? Hier ist schon wieder etwas über den mysteriösen P. Z. ‚Austreibung durch P. Z.‘“

„Der Pfarrer kann es auch nicht sein“, sagte Nina, die ihr Gespräch beendet hatte. „Der Gute heißt Thaddäus.“

„Ach, und wie heißt er mit Nachnamen?“ erkundigte sich die Schwarze.

„Ziguri“, sagte Nina.

„Halt!“ rief die Schwarze. „Dann kann er es doch sein! Pater Ziguri. P. Z. Wollen wir wetten?“

„Du könntest recht haben“, meinte Nina.

„Und schau mal hier, das Datum bei der Notiz ‚Austreibung durch P. Z.‘“, wies die Witwe auf einen weiteren interessanten Umstand hin. „Die Austreibung hätte zwei Tage nach ihrem Tod stattfinden sollen.“

„Was ist denn eine Austreibung?“ fragte Nina.

„Hast du noch nie etwas von Exorzismus gehört?“

„Ich glaube, du scherzt“, entgegnete Nina. „Ich habe zwar damals den ‚Exorzisten‘ gesehen, aber das war doch wohl nichts anderes als der Auswuchs eines kranken Männerhirns."

„Das war es wohl", bestätigte die Schwarze Witwe. „Nur daß es viele kranke Männerhirne gibt, die viele Auswüchse entwickeln und das ausgerechnet mitten in der guten alten Kirche."

„Pfui!" kommentierte Nina.

„Die Ansicht, daß Menschen, vor allem Frauen vom Teufel besessen sind, ist in der katholischen Kirche weit verbreitet", sagte die Witwe. „Besonders die rechten und ultrarechten Kreise gehen damit ganz ungeniert um. Denk nur an Opus dei und das Engelwerk. Und was die kranken Männerhirne angeht: Das Engelwerk mit seinen obskuren Dämonen wurde von einer Frau gegründet."

„Ich fasse es nicht", antwortete Nina. „Glaubst du, daß unser Pfarrer bei der armen Veronika eine Teufelsaustreibung machen wollte?"

„Wenn du den Mann erlebt hättest, würdest du es auch für möglich halten", erwiderte die Schwarze Witwe und blätterte weiter. „Auf jeden Fall werde ich gleich morgen früh bei dem Schwarzen Mann auftauchen und ihn ein wenig ausquetschen."

„Der wird sich wünschen, er wäre hübsch brav auf seiner Alm sitzengeblieben", sagte Nina und grinste.

„Wäre er das nur", brummte die Witwe. „Dann hätte es diese Tragödie vielleicht nicht gegeben."

„Du meinst Veronikas Tod?"

„Ja", sagte die Schwarze Witwe. „Weißt du eigentlich, was die Übersetzung des Wortes Tragödie ist?"

„Meinst du das jetzt ernsthaft oder als Scherz?" war Ninas Gegenfrage.

„Ganz ernsthaft", sagte die Schwarze Witwe.

„Keine Ahnung."

„Liebesgesang eines alten Bocks“, sagte die Schwarze Witwe. „Hast du schon mal gehört, wie es klingt, wenn ein Ziegenbock in der Brunst ist?“

„Nein“, sagte Nina. „Und ich will es auch nicht hören.“

„Meine Liebe, wenn du Ziegen haben willst, wird dir nichts anderes übrig bleiben, als dir irgendwann anzuhören, wie so etwas klingt.“

„Und wie klingt so etwas?“ fragte Nina.

„Der Bock heult, es klingt, als ob er weint und jammert, weil ihm alles wehtut und er verzweifelt ist. Dabei hängt ihm die Zunge seitlich aus dem Maul, er verdreht die Augen und sabbert schluchzend vor sich hin.“

Nina lachte ungläubig. „Und tut ihm was weh?“

„Unsinn“, sagte die Schwarze Witwe. „Er ist ganz einfach nur in der Brunst.“

„Fast wie im richtigen Leben“, meinte Nina.

„Ganz richtig.“ Die Schwarze Witwe spielte mit ihrer Krähenfeder.

„Wie kommen die Christen eigentlich auf den Teufel?“ wollte Nina wissen.

„Der Teufel war ursprünglich ein Steinbock, ein Hirsch oder ein Pferd“, sagte die Schwarze Witwe. „In den alten Zeiten, als es in unseren Kulturkreisen weit und breit noch kein Christentum gab, symbolisierten Steinbock, Hirsch oder Hengst den wilden Mann, den die Göttin zu sich rief, um das Leben auf der Erde wachsen zu lassen.“

„Das klingt schön“, meinte Nina.

„Ob schön oder nicht“, erwiderte die Schwarze, „es war auf jeden Fall die Art und Weise, wie im Frühjahr die Göttin geehrt wurde. Die Menschen gingen an Walpurgis auf die Felder, und jede und jeder wählte sich eine andere oder einen anderen für diese Nacht aus, um sich auf den Feldern und im Wald zu lieben. Damit sollte die

Grünkraft aus der Erde gelockt und den Menschen reiche Ernte beschert werden. Kinder, die aus solchen Verbindungen entstanden, galten als von der Göttin besonders geliebt."

„Unglaublich", staunte Nina.

„Aber wahr", ergänzte die Schwarze Witwe. „Das muß eine ziemlich lustvolle und wilde Angelegenheit gewesen sein mit Gesang und Tanz. Es gab Zeremonien, die nur unter Frauen stattfanden und stets damit endeten, daß alle Frauen sich liebten, vor allem an Walpurgis. In solchen Nächten war es den Männern verboten, das Haus zu verlassen."

„Und wenn sie es gewagt hätten, sich diesem Verbot zu widersetzen?" fragte Nina.

Die Schwarze Witwe lachte. „Dann wären sie wohl in der Luft zerrissen worden. Hast du schon einmal erlebt, wie unglaublich eruptiv die Kraft einer Gruppe Frauen ist, die sich in Hitze befinden?"

„Allerdings. Da bleibt kein Stein auf dem anderen."

„Siehst du, das sind die Zeiten, in denen Männer besser gut auf sich aufpassen, denn dann ist es unübersehbar, wem dieser Planet in Wahrheit gehört."

„Und das alles wurde verteufelt?"

„Im wahrsten Sinne des Wortes", bestätigte die Schwarze Witwe. „Die Christen machten aus dem Steinbock, dem Hirschen und dem Hengst den bocksfüßigen Beelzebub, einen Dämon, vor dem sie Angst hatten. Die gewaltige Energie der sexuellen Lust wurde eingesperrt, erstickt und umgebracht. Von da an gab es die reine Maria, eine mädchenhafte Dulderin, die ihren Sohn als Herrscher der Welt anbetet und sich dem Willen eines bösen Vaters beugt, der sie mit Schuldgefühlen quält, weil er sogar dieses ätherische Wesen noch für sündhaft hält. Sündhaft war von nun an alles, was mit der sexuellen Kraft der Frauen verbunden war. So wurde zur Maria die schmutzige Frau, die Hure erfunden und die Spaltung der Frauen in gute und schlechte. Mit der Sünde beladen waren aber auch die guten."

„Ein Wahnsinn", kommentierte Nina die Ausführungen ihrer Gefährtin.

„Genauso ist es", bestätigte die Schwarze. „Der größte Teil der Theologen, auf die sich Christen berufen, zum Beispiel Augustinus oder Thomas von Aquin, würde heute in der geschlossenen Abteilung einer psychiatrischen Anstalt sitzen. Viele Heilige waren Denunzianten, Sadisten, Sadomasochisten und Mörder. Der heilige Ignatius von Loyola zum Beispiel hat Frauen vergewaltigt und ermordet."

Nina starrte sie offenen Mundes an.

„Morgen werde ich mir diesen Thaddäus Ziguri vorknöpfen", sagte die Schwarze Witwe. „Er wird mir erklären müssen, was er in Veronikas Tagebuch zu suchen hat und wer oder was T. ist, von dem er Veronika erlösen wollte."

„Den Tag wird er sich merken", meinte Nina. „Da bin ich sicher."

„Komm, mein Engel, gehen wir schlafen." Die Schwarze stand auf und legte Veronikas Tagebuch zusammen mit der Krähenfeder in die oberste Schublade der Kommode zurück. „Oder hast du noch Hunger? Soll ich uns schnell einen kleinen Imbiß machen?"

„Danke, ich bin nicht hungrig", erwiderte Nina. „Nur müde. Es war ein langer Tag."

28

„Maria, wir rufen zu dir", sang Thaddäus Ziguri ganz allein in seiner großen Kirche. Auch an diesem Tag war der Altar von den Frauen der Gemeinde liebevoll mit Blumen geschmückt worden. Er kniete in seiner schwarzen Soutane vor dem Altar und rang die Hände. Tränen liefen über sein Gesicht, sein Atem ging heftig. „Maria, wir rufen zu dir." Er hörte nicht, wie das Kirchenportal geöffnet wurde und die Schwarze Witwe aus dem Sonnenlicht ins Dunkel der Kirche trat. Gemessenen Schrittes ging sie durch den Mittelgang auf den Pfarrer zu. Sie schlug ihr Pentagramm, zur Sicherheit gleich zweimal, und holte tief Luft. Erst als sie knapp hinter ihm stehenblieb, bemerkte er, daß sich etwas hinter seinem Rücken tat, und fuhr herum.

„Maria hat dich gehört, mein Sohn", sagte sie. „Sie schickt mich, die ich in einer Mission für sie unterwegs bin." In der Hand hielt sie Veronikas Tagebuch.

Der Pfarrer stand auf. „Ich habe mich inzwischen über Sie erkundigt", sagte er. „Sie gehören nicht zu meinen Pfarrkindern. Sie sind kein Mitglied dieser Gemeinde. Sie sind nicht mal Christin. Eine Heidin sind Sie. Das Haus des Herrn steht Ihnen nicht zur Verfügung."

„Ah ja?" fragte die Schwarze Witwe. „Was wäre Ihnen denn lieber: ein Mitglied Ihrer Gemeinde, das dafür aber Polizeiuniform trägt und Sie zum Verhör abholt?"

Thaddäus Ziguri ließ die Arme sinken. „Nein." Er blickte sie in einer Mischung aus Angst und Arroganz an. „Ich habe nichts zu verbergen."

„Das wird sich herausstellen", sagte die Schwarze Witwe. „Ich halte hier in meiner Hand das Tagebuch der Veronika Rauch. In diesem Tagebuch werden Sie erwähnt, Herr Pfarrer."

„Sie gehörte zur Pfarrjugend", erwiderte er.

„Das haben Sie mir schon einmal gesagt", meinte sie. „Heute bin ich hier, weil ich nicht nachlasse. Sie dürfen sicher sein, Herr Ziguri, ich bin starrsinnig und nachtragend, und ich habe überhaupt keine Hemmungen, Ihnen oder anderen immer wieder auf die Zehen zu steigen, bis Licht in diese mysteriöse Sache gekommen ist. In unserer Zeit spielen Pfarrer im Leben junger Menschen eigentlich nicht mehr eine Rolle, die sie sogar in deren Tagebuch vorkommen läßt."

Der Pfarrer schwieg.

„Wollen Sie denn nicht wissen, was Veronika über Sie geschrieben hat?" erkundigte sich die Schwarze Witwe.

Ziguri nickte, aber sein Nicken signalisierte, daß er sich eher zu fürchten schien.

„Sie schreibt, daß Sie Musik für eine Versuchung halten", sagte sie.

Er nickte wieder.

„Was wollten Sie denn damit bei ihr erreichen?" fragte die Witwe.

Er schwieg weiter.

„Ging es um die Disco?"

Er schüttelte den Kopf.

„So sprechen Sie, Ziguri", forderte sie ihn auf.

Der Pfarrer griff in die Tasche seiner Soutane und zog ein Taschentuch heraus, mit dem er sich die Stirn betupfte. Dann schneuzte er sich kräftig.

„Erleichtern Sie sich Ihr Gewissen, Mann", sagte die Schwarze drohend.

Der Pfarrer sammelte sich und flüsterte: „Es ging nicht um die Disco. Veronika war vom Geigenspiel besessen."

„Veronika?" fragte die Schwarze Witwe verwundert. „Irren Sie sich da nicht? Ich dachte immer, Kevin sei der grandiose Geigenspieler."

„Kevin auch", antwortete der Pfarrer. „Aber Veronika war eine noch weit größere Begabung."

„Unsinn", sagte die Schwarze Witwe. „Davon hätte ich doch gehört."

„Die Eltern waren dagegen. Sie hatten kein Geld für den Unterricht. Und sie wollten, daß Veronika einmal den Hof weiterführt. Sie war das einzige Kind. Im Grunde schämten sie sich, daß Veronika so anders war als die anderen Kinder in St. Peter, glaube ich."

„Und Sie haben die Eltern in dieser Ansicht womöglich noch unterstützt?" insistierte die Witwe.

Der Pfarrer sah durch sie hindurch. „Es wäre für Veronika und Kevin besser gewesen, wenn sie keine Begabung für die Musik gehabt hätten."

„Machen Sie sich nicht lächerlich", sagte die Schwarze. „Andere Eltern quälen ihre stocktauben und unmusikalischen Nachkommen jahrelang durch den Musikunterricht, weil sie unbedingt einen kleinen Mozart wollen, und hier sind gleich zwei Naturtalente, und ein Pfarrer und die Eltern befinden, es sei von Nachteil."

„Manchmal führt eine Begabung ins Unglück", sagte Ziguri kryptisch.

Die Witwe faßte nach. „Wollen Sie damit andeuten, daß es einen Zusammenhang zwischen Veronikas musikalischer Begabung und ihrem frühen Tod gibt?"

Er hob die Schultern. „Und wenn es so wäre?"

„Welchen Zusammenhang könnte es da geben?" wollte die Schwarze wissen.

„Die Bedürftigkeit“, erklärte Ziguri unbestimmt.

„Was meinen Sie damit?“

„Wer begabt ist, muß lernen. Wer lernt, muß dorthin, wo Lehrer sind. Und nicht alle Lehrer sind gute Menschen“, war seine nicht minder geheimnisvolle Antwort. „Mehr kann ich nicht sagen, bitte quälen Sie mich nicht.“

Die Schwarze Witwe ließ die Zügel locker. „Sie haben es weiß Göttin auch nicht immer leicht, was?“ fragte sie.

Er nickte traurig.

„Müssen viele schlimme Dinge mit ansehen und können nur selten etwas dagegen tun, was?“

Wieder nickte er traurig.

„Gibt es in Ihrer Firma eigentlich so etwas wie Supervision für Priester?“ ging sie auf ihn ein.

„Leider nicht“, antwortete er. „Es steht mir natürlich jederzeit frei, bei einem Kollegen zur Beichte zu gehen. Aber das ist keine wirkliche Hilfe. Die meisten meiner Brüder verstehen mich nicht.“

„Das denke ich mir“, meinte sie. „Haben Sie schon mal an fachliche Begleitung wie Psychotherapie gedacht?“

Sein Kopf fuhr herum. „Nein!“ sagte er scharf. „Ich bin nicht geisteskrank.“

„Das habe ich auch nicht behauptet“, beruhigte ihn die Schwarze Witwe. „Für Geisteskranke sind die PsychiaterInnen zuständig. Ich sprach von einer Psychotherapie. Das ist auch so etwas wie eine Supervision.“

„Ich spreche mit dem Herrn“, antwortete der Pfarrer. „Das hilft mir. Er hilft allen Menschen.“

„Ja“, sagte die Schwarze. „Wie bei Don Camillo. Ich kenne das.“

Beide schwiegen eine Weile. Dann begann die Schwarze Witwe erneut. „Sie waren früher Senner auf einer Alm, habe ich gehört?“

Er nickte. „Ich stamme aus einer Bergbauernfamilie. Oben im Ausseer Land."

„Und da wollten Sie den Hof nicht übernehmen?"

„Gewollt hätte ich schon. Aber ich war das jüngste von acht Kindern. Den Hof kann nur einer bekommen. Auch Priester wurde schon einer. Da haben mich die Eltern auf die Alm gegeben. Ich wäre auch gern Priester geworden. Die Mutter hat gesagt, nur ein Kind schenkt sie der Kirche. Die anderen sollten in der Welt bleiben. Ich bin nicht gern unter Menschen. Drum war's mir recht, auf der Alm zu arbeiten."

„In der Welt bleiben", wiederholte die Witwe. „Aber dann sind Sie nicht in der Welt geblieben?"

„Der Herr ist mir erschienen", sagte er.

„Ich hörte davon", antwortete sie. „Was hat er denn von Ihnen gewollt, der Herr?"

„Er gab mir den Auftrag, Mönch zu werden", sagte Ziguri. „So entdeckte ich meine wahre Berufung."

„Und wie wurden Sie vom Mönch zum Pfarrer?"

„Mein Kloster schickte mich in diese Pfarre", antwortete er. „Das konnte ich nicht ablehnen."

„O je", meinte die Schwarze Witwe. „Sind Sie gern Gemeindepfarrer?"

„Nein", erwiderte er. „Es ist nicht leicht für mich. Ich brauche die Abgeschiedenheit. Ich tue mich nicht leicht mit den Menschen. Und die Menschen nehmen mich auch nicht leicht an."

„Das ist Ihnen also auch schon aufgefallen", stellte die Schwarze Witwe fest.

„Es gehört zu meiner Berufung, auszuharren, wohin der Herr mich schickt", erklärte er.

„Aber nach St. Peter hat Sie doch offensichtlich ein anderer Herr geschickt", schränkte die Schwarze Witwe ein.

„Bitte?" fragte Ziguri.

„Sagten Sie nicht, das Kloster hätte Sie hierher entsandt?"

„Ganz recht", antwortete Ziguri. „Der Abt hatte den Eindruck, daß ich Erfahrung mit Menschen sammeln solle. So setzte er sich mit dem Bischof in Verbindung. Und der schickte mich hierher."

„Wie lange waren Sie im Kloster?"

„Fünf Jahre", antwortete Ziguri. „Aber ich war als Schüler schon einmal dort. Das Kloster unterhält eine Internatsschule für Jungen. Wie die meisten Bauernkinder bin ich für ein paar Jahre im Internat gewesen. Die Eltern hatten wenig Zeit, sich um uns zu kümmern. Als ich dann wußte, daß ich Priester werden muß, fiel mir kein anderes Kloster ein als das, in dem ich zur Schule gegangen war. Zuerst hat der Abt gezögert. Es ist nicht üblich, ehemalige Schüler aufzunehmen. Aber dann hat er mich doch genommen."

„Welches Kloster ist es denn?"

„Mariahilf bei Graz", antwortete Ziguri. „Es sind Dominikaner."

„Die kenne ich", sagte die Schwarze Witwe. „Geht nicht der kleine Kevin in dieses Kloster?"

Der Pfarrer zog scharf den Atem ein. „Ja."

„Soll das heißen, das ist Ihnen nicht recht?"

„O ja, doch, doch, selbstverständlich. Es ist ja auch mein Kloster. War auch mein Kloster, meine ich." Ziguris Blick verschleierte sich. „Ich war nur einer der Mönche", flüsterte er.

„Wie ist so ein Klosterleben eigentlich?" fragte die Witwe. „Ich meine, wir Heiden haben ja keine Ahnung, wie es dort zugeht."

„In Mariahilf leben wir sehr zurückgezogen und still",

antwortete Ziguri. „Die meisten Brüder arbeiten für die Internatsschule."

„Als Lehrer?"

„Als Lehrer, in der Küche, im Garten, in der Wäscherei. Wir sind fast autark."

„Bewundernswert", meinte die Schwarze. „Wo haben Sie denn gearbeitet?"

„Im Garten", sagte er, und ein Leuchten ging über sein Gesicht. „Ich habe immer gern mit Pflanzen zu tun gehabt. Das ist leichter als mit Menschen."

„Aber auch nur, weil wir die Pflanzen nicht hören können", sagte die Schwarze Witwe.

„Bitte?" fragte Ziguri.

„Ist schon gut", antwortete die Schwarze Witwe. „Sie waren also Theologiestudent und Gärtner."

Sein Ja klang wehmütig.

„Arbeiten auch Frauen im Kloster?"

„Nein", sagte er entrüstet.

„Auch keine Nonnen?"

„Nein", wiederholte er. „Auch keine Ordensfrauen."

„Sagen Sie, Herr Ziguri", sagte die Schwarze Witwe wie nebenbei. „Die Veronika schreibt da etwas von T., von dem sie besessen sei. Sie aber sagen, sie sei von Musik besessen gewesen. Dann hätte das doch eher M. sein müssen."

Überrascht starrte er sie an. „Hat sie das geschrieben?"

Die Witwe nickte. „Wissen Sie vielleicht, was sie gemeint hat?"

Er holte tief Luft. „Ich habe ihr gesagt, sie sei vom Teufel besessen."

„Ein großes Wort. Wußten Sie, was Sie da sagten?"

Er nickte. „Auch ich war einmal vom Teufel besessen. Ich weiß, wovon ich spreche."

„Wie ist das, wenn jemand vom Teufel besessen ist?" wollte sie wissen.

„Entsetzlich", sagte Ziguri. „Man tut Dinge, die unrecht sind, obwohl man es nicht will. Todsünden. Der Versucher erscheint und hat viele Gesichter."

„Oh", meinte die Schwarze Witwe. „Ich fürchte, dann ist mir das noch nie passiert."

„Danken Sie Gott", flüsterte Ziguri.

„Falls er nicht auch einer dieser Versucher ist", entgegnete sie.

In Sekundenschnelle überzog kranke Röte sein Gesicht. Er ballte die Fäuste, bis die Knöchel weiß hervortraten. Der Blick seiner Augen veränderte sich ins Tote, seine ganze Gestalt machte den Eindruck, als würde er von irgend etwas gehetzt. Bestürzt beobachtete die Schwarze Witwe die Veränderung und fragte sich, ob sie der Situation wirklich gewachsen war.

„Ist Ihnen nicht gut, Herr Pfarrer?" fragte sie. „Kann ich Ihnen helfen?"

Er wich zurück. „Danke, es geht schon wieder." Er versuchte ruhig und tief zu atmen. „Für einige Augenblicke vergaß ich, mit wem ich rede." Er schüttelte den Kopf. „Mit einer Heidin."

„Ja", sagte sie. „Aber einer, die in Verbindung mit der Großen Göttin steht, denken Sie daran. Die Mutter gibt, die Mutter nimmt auch wieder."

Er senkte den Kopf.

„Es geht doch nur darum, daß Sie Ihr Herz erleichtern."

Er seufzte.

„Gehen Sie manchmal noch ins Kloster Mariahilf?" nahm sie den Faden wieder auf.

Er schüttelte den Kopf. „Das ist mir nicht erlaubt."

„Nicht erlaubt?"

„Ja, äh“, stotterte er. „Der Abt ist der Ansicht, daß ich für Unruhe unter den Brüdern sorge. Er hält mich nicht für gemeinschaftsfähig, sagt er. Der Klosterfrieden würde durch mich gestört. Darum hat er mich in diese Pfarre geschickt, damit ich lerne, unter Menschen zu sein.“

„Was haben Sie denn getan, daß der Klosterfrieden gestört wurde?“ erkundigte sie sich.

Er schwieg, aber für einen Augenblick hatte die Schwarze Witwe den Eindruck, daß er für sein Leben gern geredet hätte. „So befreien Sie sich doch von dieser Last“, mahnte sie.

Wieder schien es ihr, als dürstete er danach zu sprechen. Wieder nahm er sich sichtbar zusammen. „Klosterinterna. Es ist mir nicht erlaubt, darüber außerhalb des Hauses zu sprechen.“

„Und es gibt wirklich keine Frauen im Kloster?“

Ziguri verneinte. „Außer natürlich den Putzfrauen. Sie kommen, wenn wir in der Morgenmesse sind. Dann wird das Kloster gesäubert. Wenn die Jungen zu Abend essen, putzen sie die Schule.“

„Da könnt ihr sicher sein, daß sie euch nichts tun, gell“, sagte die Schwarze Witwe. Ziguri verstand den Witz nicht und nickte

Sie wechselte das Thema. „Wollten Sie ernsthaft eine Teufelsaustreibung bei Veronika vornehmen?“

„Ja.“

„Glauben Sie, daß sie dann aufgehört hätte, sich für Musik zu interessieren?“

„Nein“, sagte er. „Ja. Ich meine, sie hätte dann abgelassen von...“ Er sprach nicht weiter.

„Abgelassen wovon?“ hakte die Schwarze nach.

„Vom Geigenspiel. Es war ihr von den Eltern verboten worden. Aber sie fand immer wieder eine Gelegenheit, zu spielen. Zuerst hat Kevin ihr beigebracht, was er im Musikunterricht gelernt hat. Dann hat sie heimlich Unterricht in Graz genommen."

„Und das wollten Sie ihr austreiben?"

„Sie hätte dann nicht mehr um jeden Preis Geige spielen wollen", sagte er.

„Was für ein veritabler Unsinn", meinte die Schwarze.

„Ich meine nicht mehr um jeden Preis", wiederholte der Pfarrer und sah sie beschwörend an.

„Wie meinen Sie das?"

Er preßte sich das Taschentuch auf den Mund und schüttelte dramatisch den Kopf.

„Beichtgeheimnis?"

Er nickte.

„Ich verstehe", sagte sie gedehnt. „Dann will ich auch nicht weiter in Sie dringen, Herr Pfarrer. Da wäre noch die Sache mit dem Foto. Warum geben Sie den Jugendlichen ein Foto von sich. Ist das nicht ein wenig eitel? Ich meine, ein Pfarrer ist doch kein Rockstar."

Die Glocken begannen zu läuten. „Oh", sagte sie. „Schon sieben. Ich muß nach Hause und mit dem Kochen anfangen, sonst müssen wir hungrig schlafen gehen, und wer will das schon."

Thaddäus Ziguri nickte, ihm war die Erleichterung anzusehen. „Haben Sie schon einmal daran gedacht, sich der Gemeinschaft des Herrn anzuschließen?" fragte er.

„Nein, wirklich nicht, vielen Dank", erwiderte die Schwarze Witwe. „Ich bin seit meiner Geburt den Frauen verfallen. In der Kirche sind mir zu wenige Frauen und zu viele Männer. Wenn überhaupt, interessiere ich mich nur für den Posten des Papstes. Und bis ihr euch durchringen könnt, mir den Job zu geben, bin ich alt und klawunzig, und dann würde er mir keinen Spaß mehr machen."

Er starrte sie sprachlos an.

„Wie war das nun mit den Fotos, die Sie von sich verteilen?“ fragte sie schon im Gehen.

„Es schützt sie in gewissen Situationen“, erklärte er.

„Ein Foto von Ihnen?“ fragte sie ungläubig. „Ist das Ihr Ernst? Was sollten denn das für Situationen sein, in denen eine Fotografie von Ihnen schützt.“

„Bitte glauben Sie mir, daß es wahr ist. Es gibt Situationen für Kevin und Veronika, in denen mein Foto sie vor dem Teufel schützt. Es mag Ihnen vielleicht merkwürdig erscheinen, aber es ist eine Tatsache. Keine Eitelkeit von mir, wahrhaftig nicht, so wahr mir Gott helfe. Einen anderen Schutz habe ich nicht gefunden.“

„Merkwürdig“, sagte die Schwarze Witwe.

„Ja, merkwürdig“, wiederholte Thaddäus Ziguri. „Aber wahr. Ich habe getan, was ich konnte, um Veronika zu retten.“

Sie stand schon am Portal, als sie sich nachdenklich umdrehte. „Veronika zu retten? Wovor?“

Er schwieg.

Die Schwarze wollte hinaustreten und hielt noch einmal inne. „Wie kommt es eigentlich, daß der Abt von Mariahilf so häufig in St. Peter zu sehen ist. Besucht er Sie?“

„Mich? Nein, gewiß nicht“, sagte Ziguri.

„Was macht er dann hier?“ insistierte die Schwarze.

„Er ist der Violinlehrer von Kevin“, sagte Pater Ziguri. „Kevin fuhr zweimal die Woche nach Graz, um Unterricht bei ihm zu nehmen.“ Nach einer Pause fügte er hinzu: „Er hat in den letzten Monaten auch Veronika unterrichtet. Sie war das einzige weibliche Wesen, das das Kloster betreten durfte.“

„Außer den Putzfrauen“, meinte die Schwarze Witwe.

29

„Stell dir vor, und dann sagte er noch, er habe getan, was er konnte, um Veronika zu retten.“ Die Schwarze Witwe hackte Petersilie.

Nina lehnte im Eingang der Küche und sah ihrer Gefährtin beim Zubereiten einer Frankfurter Soße zu. „Ich fasse es nicht“, sagte sie. „Der findet Teufelsaustreibungen anscheinend ganz normal.“

„Anscheinend ja“, bestätigte die Schwarze Witwe. „Was ich aber noch viel unglaublicher finde, ist seine Aussage, Veronika sei eine begabte Geigerin gewesen, die heimlich üben mußte, weil ihre Eltern und der Pfarrer dagegen waren.“

„Das ist sogar ungeheuerlich“, meinte Nina.

„Ungeheuerlich“, wiederholte die Witwe.

Nina beobachtete, wie sie die gehackte Petersilie zusammen mit sechs anderen gehackten Kräutern langsam unter den Sauerrahm rührte und mit Salz abschmeckte. „Weißt du, woran mich das erinnert?“

„Woran denn?“ fragte die Schwarze.

„An die Veronika Rauch aus meinen Träumen. Die war doch auch Geigerin.“

„Ja.“ Die Schwarze Witwe goß die Kartoffeln ab. „Eine verfolgte Geigerin.“ Sie hielt inne. „Ich hatte vor ein paar Tagen eine Intuition, in der ich plötzlich wußte, daß die Zinfandel der Schlüssel zu allem ist.“

„Du meinst die zweite Frau aus meinen Träumen?“

„Ich meine die Geige“, stellte die Schwarze richtig.

„Die Zinfandel, ich verstehe“, sagte Nina. „Du meinst die, die auf Schloß Gleichenberg hinter Panzerglas liegt?“

„Genau die.“ Die Schwarze Witwe drückte Nina zwei Teller, Servietten und Besteck in die Hand. „Sei so gut und deck schon mal den Tisch. Das Essen ist gleich fertig.“

„Weißt du, was Frieda darüber gesagt hat, daß ich immer von Veronika Rauch und Jagoda Zinfandel träume?“ fragte Nina unter Tellergeklapper aus dem Wohnzimmer.

„Was denn?“ Die Schwarze wischte sich die Hände an einem Geschirrtuch trocken.

„Daß das merkwürdig sei. Und daß du es seist, die etwas merken solle, was du offenbar ohne diese Träume nicht merkst.“

„Dann ist mein Nasenbluten aber auch merkwürdig.“ Die Schwarze Witwe kam mit Schüsseln beladen ins Wohnzimmer. „Denn ich habe den Eindruck, daß es dafür keine übliche physiologische Ursache gibt, sondern sich mir da etwas mitteilen will, das ich sonst offenbar übersehen oder nicht verstehen würde.“

„Und was?“ Nina nahm sich von der Frankfurter Soße.

„Ja, was, oder besser, wer?“ antwortete die Schwarze. „Wenn ich, ohne genauer nachzudenken, so vor mich hin überlege, würde ich sagen, es geht um dasselbe. Ich habe Erinnerungen an Zeiten, die älter sind als ich. Manchmal kommt es mir vor, als nähme Veronika, die 1689 ermordet wurde, aus der Vergangenheit Verbindung mit mir auf.“ Sie lächelte. „Ich weiß schon, daß das ein wenig albern klingt, aber es sieht ganz so aus.“

„Warum versuchen wir nicht nach dem Essen von uns aus die Verbindung aufzunehmen?“ schlug Nina vor.

„Gute Idee“, antwortete die Schwarze Witwe. „Aber um dich in Trance zu schicken, bist du nicht gut genug vorbereitet. Außerdem bist du zu vollgestopft mit Kartoffeln und Frankfurter Soße. Wenn du jetzt in Trance gingest, würdet du im eigenen Dünndarm landen."

„Na hör mal, Goethe hat nach dem reichlichen Genuß von Frankfurter Soße den Faust geschrieben", sagte Nina.

„Und du siehst ja, wie es dem Gretchen darin ergangen ist", antwortete die Schwarze. „Vielleicht ist es ja auch nicht notwendig, daß du gleich in Trance gehst. Es ist sowieso nicht gesund, es allzu häufig zu tun. Laß uns einen Spaziergang auf den Schlangenberg machen. Da oben fällt uns bestimmt etwas ein."

„Auf zum Schlangenberg." Nina stand vom Tisch auf. Sie pfiff Kurti und Klara. „Ich mache nur schnell noch einen Spaziergang mit den beiden. Dann sind sie müde und nicht allzu traurig, daß sie nicht mit auf den Schlangenberg dürfen."

30

„Veronikaaaaa!" schrie die Schwarze Witwe aus voller Kehle.

„Veronikaaaaa!" stimmte Nina ein. „Das war bestimmt bis St. Peter zu hören."

„Das war so laut, daß wahrscheinlich den Mönchen in Graz der Löffel in die dünne Klostersuppe gefallen ist", ergänzte die Witwe.

„Dich würde schon deshalb kein esoterischer Zirkel akzeptieren, weil du über alles eine blöde Bemerkung machen mußt", sagte Nina und grinste.

„Die Geister lieben dumme Witze." Die Schwarze grinste ebenfalls. „Sie verstehen sie nicht, aber sie lieben sie."

„Dann müssen die ja nur so um dich herumschwirren", konterte Nina.

„Ich werde nur noch von Frieda mit ihren sieben Zwergen übertroffen", meinte die Schwarze.

Nina begann, mit den mitgebrachten Federn einen Kreis zu legen.

„Woher hast du das?" fragte die Witwe.

„Die Federn habe ich aus der Kommode genommen", antwortete Nina.

„Nein, ich meine, wie kommst du darauf, mit den Federn einen Kreis zu legen?"

„Das habe ich bei Frieda gelernt. Wenn der Kreis fertig ist, werden wir den Versuch machen, unsichtbar zu werden."

Die Schwarze Witwe lachte ungläubig. „Gemeinsam in Trance gehen?"

„Nein", sagte Nina. „Dazu bin ich ja zu vollgefressen, wie du gesagt hast. Ich meine Unsichtbarkeit, wie Frieda sie meint."

„Und welche Unsichtbarkeit meint Frieda?" erkundigte sich die Schwarze.

„Sie sagt, daß eine unsichtbar wird, wenn sie der Welt keinen Widerstand bietet", erläuterte Nina.

„Interessant", meinte die Schwarze Witwe.

„Auf jeden Fall einen Versuch wert", sagte Nina. „Es ist mir bisher erst einmal gelungen."

„Dann wird es wieder gelingen", beruhigte die Schwarze. „Aber ob ich das auch hinbekomme, weiß ich nicht so genau. Immerhin sind es ein paar Kilo mehr als bei dir, die ich unsichtbar machen muß, und das Ganze ohne Zeitvorsprung."

„Mach dich einfach leicht, meine kleine Tinkerbelle", sagte Nina.

„Ein altes Weib ist keine Elfe“, brummte die Schwarze und begann Nina beim Legen des Kreises zu helfen.

Es war stockdunkel. Die einzige Lichtquelle bildete ein kleiner Suchscheinwerfer, den sie aus dem Auto mitgenommen hatten. Die nächtlichen Geräusche des Waldes ängstigten beide nicht, waren sie sie doch seit einigen Jahren gewohnt. In der Nähe rief ein Käuzchen.

„Hörst du das?“ fragte Nina.

„Natürlich“, antwortete die Schwarze Witwe. „Ein Käuzchen.“

„Genau“, sagte Nina.

„Aber ihr wißt nicht, wer das Käuzchen nachmacht“, sagte eine Stimme hinter ihnen.

Beide Frauen fuhren zusammen und sahen erschreckt hinter sich. Aus dem Schatten der Bäume löste sich eine Gestalt und trat auf sie zu. Nina war aufgesprungen und stand in lauernder Abwehrhaltung.

„Wenn das jetzt ein Überfall gewesen wäre, hättest du viel zu spät reagiert, trampelndes Pferd“, sagte Frieda und schob ihr Gebiß hin und her. „Wo hast du deine Ohren. Du hättest mich schon seit fünf Minuten kommen hören müssen. Großer Fehler!“

„Frieda!“ stöhnte die Schwarze Witwe. „Bist du vom wilden Watz gebissen? Uns so zu erschrecken!“

„Nina muß noch viel lernen“, sagte Frieda, als erklärte das alles. „Was macht ihr? Ihr schreit ja, daß die Bäume umfallen.“

„Wir mußten uns unseren Zorn aus der Seele brüllen“, erklärte Nina. „Wir kommen zwar weiter. Aber nur langsam, und einige Rätsel sind noch immer ungelöst.“

„Was heißt ungelöst?“ meinte die Schwarze Witwe. „Rätselhafter denn je.“

„Dann ist es ja gut, daß ich da bin“, sagte Frieda.

„Wieso?“ fragte Nina. „Kennst du die Antworten auf unsere Fragen?“

„Nein. Aber ich weiß vielleicht, wie ihr die findet, die euch eure Fragen beantworten können.“

„Das klingt auch ziemlich rätselhaft“, sagte die Schwarze Witwe.

„Immer noch besser als merkwürdig“, meinte Nina.

„Zwei sind nicht genug“, sagte Frieda. „Es müssen mindestens drei sein, damit es funktioniert.“

„Woher weißt du das?“ fragte die Witwe konsterniert.

„Das wußte ich schon immer“, erklärte Frieda.

„Vielleicht gibt es wirklich so etwas wie ein Zellgedächtnis“, sagte die Schwarze Witwe. „Wir scheinen alle drei ein paar Dinge zu wissen, die wir eigentlich gar nicht wissen können.“

„Ah, du legst bereits einen Federkreis.“ Frieda begutachtete Ninas Arbeit. „Wo hast du denn die vielen Krähenfedern her?“

„Die hat die Schwarze auf dem Parkplatz von Schloß Gleichenberg gefunden.“

„Das ist kein gutes Zeichen“, meinte Frieda düster. „Stammen alle die Federn von dort?“

Die Schwarze Witwe nickte.

„Das ist nicht gut“, wiederholte Frieda mit finsterer Miene.

„Siehst du? Ich habe es dir gesagt“, meinte die Schwarze zu Nina gewandt.

„Was bedeutet es denn?“ wollte Nina wissen.

„Daß der Fuchs die Krähe geholt hat“, bemerkte die Schwarze trocken.

„Wenn Krähen deine Begleiterinnen sind, schicken sie dir immer dann ihre Federn, wenn sie dich warnen wollen“, sagte Frieda.

„Der Ansicht bin ich auch“, sagte die Schwarze Witwe. „Und ich hatte mein Leben lang das Gefühl, daß Krähen zu mir gehören.“

„Zumindest was deine Bekleidung angeht, halten sie dich wahrscheinlich für ihresgleichen“, sagte Nina.

„Dich mit deinem Riesenschnabel aber auch“, konterte die Schwarze.

„Wen wollt ihr rufen?“ fragte Frieda. „Veronika?“

„Ja“, sagte Nina.

„Welche? Die, von der du träumst, oder die aus St. Peter?“ fragte Frieda weiter.

„Ich habe keine Ahnung“, antwortete die Schwarze Witwe. „Aber mein Gefühl sagt mir, daß wir die alte Veronika rufen sollten. Ich will wissen, was mit der Zinfandel ist. Der Geige, meine ich. Ich weiß, sie spielt eine Rolle, aber ich will wissen, welche.“

„Die alte Veronika“, murmelte Frieda.

„Ich habe einen Kassettenrekorder im Auto“, sagte Nina. „Vielleicht spielen wir eine von deinen Kassetten mit klassischer Musik.“ Sie machte sich auf den Weg zum Wagen.

„Nimm die von Pachelbel“, sagte die Schwarze. „Eine bessere habe ich nicht.“

„Geht klar.“ Nina verschwand.

„Sie ist keine leichte Schülerin, was?“ fragte die Schwarze.

Frieda lachte lautlos. „Ach geh, sie ist eine wunderbare Schülerin. Sie ist eine der besten, weißt du. Aber wenn ich ihr das sagen würde, würde sie sofort aufhören, sich anzustrengen, weil sie dann glaubt, daß sie schon fertig ist. Sie hat große Kraft und große Magie. Aber sie ist noch sehr jung. Junge Frauen glauben immer, daß sie alles wissen. Sie denken, die Alten sind alt und sonst nichts.“

„Ich habe sie auch sehr gern." Die Schwarze Witwe lächelte.

„Sie muß eine große Aufgabe lösen", sagte Frieda. „Die größte."

„Was meinst du?"

„Sie muß besser werden als ich. Sie hat noch nicht den Mut dazu."

„Wie kann sie das?" gab die Schwarze zu bedenken. „Sie ist nicht wie du durch großes Leid gegangen. Auch wenn sie eine Begabung ist, muß sie sich doch durch wirkliche Herausforderungen im Leben zur Könnerin kultivieren."

Wieder lachte Frieda lautlos. „Ich verstehe kein Wort von dem, was du sagst."

„Ich auch nicht." Die Schwarze Witwe lächelte wieder. „Ich meinte, wenn sie besser als du werden soll, erreicht sie das nicht durch Üben, sondern durch echtes Leben."

„Ja", sagte Frieda. „Aber was ist echtes Leben?"

„Ich kenne viele Frauen, die auf der Suche sind nach etwas, von dem sie selbst nicht wissen, was es ist. Aber es treibt sie eine große Sehnsucht um. Und dann gehen sie in Kurse und machen Übungen und hoffen, daß sie auf diese Weise finden, was sie suchen. Die meisten Frauen, die Kurse für diese Frauen anbieten, sind aber selbst Ahnungslose, die das Leben nur aus Kursen kennen. Du kannst dir also vorstellen, daß die Frauen dort nie finden, was sie suchen."

„Ja", sagte Frieda.

„Sondern nur im Leben."

„Ja."

„Und wenn Nina Übungen in Unsichtbarkeit macht, ist das so ähnlich", meinte die Schwarze. „Eines Tages muß sie wirklich unsichtbar werden, sonst sind diese Übungen bei dir ähnlich blöd wie manche Kurse, in die Frauen auf der Suche nach Leben gehen."

„Aber es gibt auch Übungen, die zeigen dir, wie du leben kannst", sagte Frieda. „Was Nina bei mir übt, kann sie wirklich im Leben gebrauchen. Ich habe alles, was ich kann, vom Leben gelernt. Nina lernt bei mir. Also lernt auch sie vom Leben."

„Frieda, wir sollten alle deine Schülerinnen werden", meinte die Schwarze Witwe.

„Ich bin keine Lehrerin", widersprach Frieda. „Ich kann nicht mal richtig schreiben."

„Und ich habe Probleme mit der Zeichensetzung." Die Schwarze Witwe lächelte.

„Womit?" wollte Frieda wissen.

„Egal", sagte die Schwarze.

„Find ich auch", meinte Frieda.

„So, hier ist der Kassettenrekorder, die Musik von Pachelbel, und dann habe ich noch Veronikas roten Pullover mitgebracht. Ich dachte, vielleicht kann etwas, das sie getragen hat, uns zu ihrer Energie führen."

„Kluges Mädchen", sagte die Schwarze Witwe. „Wie geht es weiter?"

„Wir gehen jetzt in den Kreis aus Federn."

Nina legte die Kassette mit der Barockmusik ein und ließ sie laufen. Die drei Frauen betraten den Federkreis und setzten sich einander gegenüber. Die Schwarze Witwe legte den roten Pullover in die Mitte. „Glaubt ihr, daß es funktioniert?" flüsterte sie.

Nina hob die Schultern.

Frieda begann zu summen. „Stellt die Musik ab. Ich kann mich nicht konzentrieren."

Nina stand auf und schaltete das Gerät aus.

„Besser. Lieber echtes Leben und keine Kassette", sagte

Frieda, nachdem Nina wieder Platz genommen hatte. Sie nahm das Summen wieder auf. Die Schwarze Witwe und Nina begannen tief und regelmäßig zu atmen, schlossen die Augen und überließen sich dem Augenblick.

Es war ein echtes Käuzchen, das nun rief. Und dann hörten sie Krähen schreien. Mitten in der Nacht.

31

„Ein letztes Mal.“ Veronika Rauch setzte die Geige ans Kinn.

„Du spielst im Namen der Liebe“, sagte Jagoda Zinfandel. „Ich habe diese Geige gebaut, damit Frauenhände sie berühren und spielen. Für den Klang habe ich das Holz in Wein gelegt. Für das Schicksal der Geige habe ich meine Wünsche mit hineingegeben. Niemals soll die Hand eines grausamen Menschen sie berühren.“

„Und wenn doch?“ fragte Veronika.

„Dann rufe ich jetzt alle Kräfte herbei, die das verhindern“, antwortete Jagoda. „Ich belege die Geige mit einem Fluch. Wer sie berührt und nicht reinen Herzens ist, soll niemals mit seinem Spiel Beachtung in der Welt finden.“

Veronika begann zu spielen. Sie spielte von Liebe und Trauer, von Jagodas Fluch und ihrer großen Angst vor der Inquisition. Ihre ganze Kraft und Magie legte sie in ihr Geigenspiel. Jagoda schloß die Augen und hörte zu.

32

„Jetzt verstehe ich", sagte die Schwarze Witwe. „Obwohl ich gar nichts verstehe." Sie legte die Krähenfedern in die oberste Lade der Kommode. „Es war sehr berührend und sehr beruhigend. Als ob ich plötzlich wüßte, daß wir vor gar nichts Angst zu haben brauchen."

„Wie meinst du das?" fragte Nina.

„Ich meine, daß wir viel mehr tun könnten. Ich meine, handeln ohne die vielen Wenns und Abers, die uns ständig begleiten. Wir haben immerzu Angst vor dem Leben, aber das ist ganz überflüssig, denn der Tod hat in Wahrheit keine Schrecken. Er ist die Schwester des Lebens."

„Das ist dir im Federnkreis bewußt geworden?"

„Ja", sagte die Schwarze. „Das und noch viel mehr. Ich fühlte mich den zwei Frauen aus der Barockzeit sehr nahe."

„Ich auch", sagte Nina.

„Ich glaube, jetzt weiß ich auch, welche Rolle die Zinfandel spielen könnte."

„Welche denn?" fragte Nina neugierig.

„Ich kann noch nicht darüber sprechen."

„Sag schon", drängte Nina.

„Erst wenn ich mir ganz sicher bin."

„Oh, wie geheimnisvoll."

„Es ist nur Unsicherheit", sagte die Schwarze. „Es hat etwas mit dem Abt von Mariahilf zu tun. Er war der Lehrer von Veronika. Der Geigenlehrer."

„Das hast du im Federkreis erfahren?"

„Nein, vom Pfarrer."

„Schau an", sagte Nina. „Ein Abt im Männerkloster, Leiter eines Knabeninternats, kehrt in die Welt zurück und unterrichtet ein Mädel vom Land. Wie selbstlos."

„Entweder war sie wirklich eine so unglaubliche Begabung, daß der Abt höchstpersönlich sich zum Förderer berufen fühlte, oder..."

„Oder was?"

„Das wage ich gar nicht zu Ende zu denken", antwortete die Schwarze Witwe verschlossen. „Es wird Zeit, daß wir etwas Entscheidendes unternehmen."

„Ich höre", sagte Nina.

„Wir müssen uns den Abt vorknöpfen."

„Und wie wollen wir das anstellen?" erkundigte sich Nina. „An den Klostermauern enden alle unsere Versuche, ihn zu erreichen."

„Wir müssen ins Kloster gehen", sagte die Schwarze Witwe.

„Du willst den Schleier nehmen?" frotzelte Nina.

„Das dauert mir zu lange. Außerdem ist es ein Männerkloster, in das wir eindringen müssen. Da kommen wir als Nonnen nicht sehr weit."

„Weißt du übrigens, was das Wort Nonne bedeutet?" fragte Nina.

„Ordensfrau", sagte die Schwarze.

„Ja, aber auch kastrierte Sau."

„Was? Das glaube ich nicht."

„Dann schau selbst. Es steht im Lexikon."

Die Schwarze Witwe schlug das Lexikon auf und wunderte sich. „Ein weiterer Grund, keine zu werden."

„Also gut, wie kommen wir ins Kloster?" fragte Nina.

„Wir könnten mit dem Bischof reden."

„Der hiesige Bischof gilt zwar als umgänglicher Mann,

aber daß er ausgerechnet uns behilflich ist, kann ich mir nicht vorstellen."

„Wieso nicht?" wollte die Schwarze wissen.

„Wir können zwar froh sein, daß wir nicht in Niederösterreich wohnen", meinte Nina. „Da regiert der dicke Bischof Radi, da würden wir heute noch als Hexen verfolgt, aber bischöfliche Unterstützung bekommen wir hier auch nicht."

„Was ist denn mit dem Bischof Radi?"

„Der ist noch fundamentalistischer als unser Pfarrer in St. Peter. Der würde am liebsten sogar Jesus exkommunizieren", bemerkte Nina trocken.

Die Schwarze Witwe lachte. „Dabei ist der Radi der Inbegriff verfehlten Lebens. Er leidet so sehr an Freßsucht, daß er bald platzt, und ist mit Sicherheit emotional retardiert."

„Ja", wieherte Nina. „Für den Radi haben sie die längsgestreifte Soutane erfunden."

„Wieso das?"

„Damit das Volk erkennt, ob er liegt oder steht", prustete Nina.

Die beiden Frauen lachten, bis ihnen die Tränen kamen.

„Es gibt keine Gerechtigkeit auf der Welt. So einer sitzt nun an der Macht", meinte die Schwarze.

„Laß nur, der ist gestraft genug", entgegnete Nina. „Der muß sein Leben lang er selbst sein." Sie wälzten sich vor Lachen auf dem Boden.

„Hör auf", stöhnte die Witwe. „Ich kann nicht mehr. Außerdem müssen wir uns ernsthaft überlegen, wie wir an den Abt herankommen."

„Und wie?" wollte Nina wissen. „Als Männer können wir uns nicht verkleiden. Das glaubt uns keiner. Mir vielleicht noch, aber dir mit deinen runden Formen? Wenn du kugelförmig wärst wie der Radi, könnte es noch gehen, aber als Venus von Willendorf?“

Sie wehrte geschickt drei blitzschnell hintereinander abgefeuerte Sofakissen ab.

„Ich hab's“, sagte die Schwarze Witwe. „Wenn wir nicht als Männer ins Kloster kommen können, dann als Frauen. Es gibt Frauen, die regelmäßig ins Kloster Mariahilf gelassen werden.“

„Und welche?“ fragte Nina.

„Putzfrauen.“ Die Schwarze Witwe strahlte.

„Ja und?“

„Na, das ist doch klar“, sagte die Schwarze Witwe und grinste. „Wir tarnen uns als Putzfrauen.“

„Putzfrauen?“ rief Nina. „Ha! Ich vielleicht, aber du? Du kannst ja gar nicht richtig putzen.“

„Für ein paar Tage wird es schon gehen“, sagte die Schwarze Witwe.

„Ach geh, du weiß ja nicht mal, an welchem Ende ein Staubsauger saugt.“

„Übertreib nicht immer so maßlos“, brummte die Schwarze.

„Gut, dann machen wir den Düsentest“, schlug Nina vor.

„Den was?“

„Den Düsentest“, wiederholte Nina. „Welche Düse wird wofür benutzt. Es gibt eine für Teppiche, eine für Holzböden, eine für Polstermöbel.“

„Gut, an der Staubsaugerolympiade traue ich mich nicht teilzunehmen“, gab die Schwarze zu. „Ich kann mich ja mehr auf den Wischmop konzentrieren.“

„Dir sieht man auf Kilometer an, daß du keine Putzfrau bist.“

„Ich bin klein und dunkel. Wenn ich mir ein Kopftuch umbinde, werden mich alle für eine türkische Putzfrau halten. Du wirst schon sehen."

„Fatima strikes again!" Nina lachte.

„Ja", sagte die Schwarze Witwe. „Aber anders, als die denken. Nebenbei werde ich alle türkischen Putzfrauen der westlichen Welt rächen."

„Allein deshalb lohnt es sich", sagte Nina.

„Wunderbar. Dann sind wir uns ja einig. Jetzt müssen wir nur noch schaffen, daß wir auch eingestellt werden."

„Ui", meinte Nina. „Das bedeutet, daß ich morgen früh herumtelefonieren muß, wer der Arbeitgeber der Putzfrauen ist, ob es freie Jobs gibt und so weiter."

„Und so weiter", sagte die Schwarze Witwe.

33

„Das halte ich nicht aus." Die Schwarze Witwe steckte in einer pinkfarbenen Jogginghose, über die sie einen geblümten Kittel und darüber eine Schürze gezogen hatte. Das Kopftuch war so gebunden, daß sogar Claudia Schiffer wie eine geknechtete Magd ausgesehen hätte. Die Füße steckten in gold- und silberlamierten Pantoletten.

„Findest du das nicht ein wenig übertrieben?" kommentierte Nina die Verkleidung der Schwarzen Witwe und zerrte unglücklich an ihrem geblümten Kittel. Auch sie hatte ein Kopftuch umgebunden, um ihr burschikos geschnittenes Haar zu verbergen, das sie verraten hätte.

„Jetzt hätte Chantals ausgeleierte Dauerwelle gepaßt", jammerte sie und malte sich die Lippen rot. „Nein, das sieht doch zu blöd aus." Sie wischte die Pracht gleich wieder ab.

„Was haben wir nur für einen Massel gehabt", sagte die Schwarze Witwe. „Daß ausgerechnet jetzt zwei Putzfrauen krank geworden sind. Und schon stehen wir bereit, um auszuhelfen. The flying feminists, stets zur Stelle, wenn Hilfe gebraucht wird."

„Die Göttin ist mit uns", kommentierte Nina den glücklichen Umstand. Sie betrachtete sich im Spiegel und verzog das Gesicht. „Wie kann eine Frau sich nur mit all dieser Farbe im Gesicht wohlfühlen."

34

Die Putzfrau schlich den Gang entlang, Wischmop und Putzeimer in den Händen. Ihr Kopftuch hatte sie tief ins Gesicht gezogen. Den Kopf hielt sie gesenkt. Gang und Bewegungen erzählten von selbstverständlicher Unterwürfigkeit. Sie blickte zu einem der kleinen Fenster hinaus und sah auf einen gepflasterten Innenhof. Ein Mönch in brauner Kutte überquerte langsam den Hof und verschwand hinter einer niedrigen Holztür. Die Putzfrau riß den Mund auf, wie um zu schreien. Dann besann sie sich und schloß den Mund wieder. *Das ist genau das Bild, das ich immer in meinem Traum von der Nonne sehe,* dachte sie, und das Herz klopfte ihr bis zum Hals. *Genau hier muß Veronika Rauch vor dreihundert Jahren gestanden haben, als der Mönch sie holte, um sie zum Inquisitor zu bringen.* In weiter Ferne war der Gesang der Mönche aus der Kirche zu hören. *Die sind jetzt alle für mindestens noch eine Stunde beschäftigt,* dachte Nina. *Zeit genug, das Büro des Abtes zu suchen. Wo zum Kuckuck steckt die Schwarze. Ich muß ihr von dieser Entdeckung erzählen. Das glaubt mir keine Sau.*

Sie wandte sich um und eilte den Gang wieder hinunter, wobei sie darauf achtete, mit ihren Bewegungen Unterwürfigkeit auszudrücken. Als sie um die Ecke bog, sah sie die Schwarze Witwe völlig versunken mit einem überbreiten Besen den Gang fegen.

„Was tust du da?“ zischte Nina.

„Wonach sieht das denn aus?“ konterte die die Schwarze Witwe im Flüsterton. „Ich putze, wie du siehst. Du hast doch behauptet, ich könnte das nicht. Jetzt schau dir das an. Ein Riesenerfolgserlebnis. Ich habe noch nie einen so breiten Besen gesehen, außer am Flughafen von Schwechat. Vielleicht wechsle ich den Beruf.“

„Wir haben jetzt andere Sorgen“, flüsterte Nina. „Laß uns das Büro des Abtes suchen. Ich habe hier um die Ecke ein Déja-vu gehabt. Das ließ mich an den Inquisitor denken. Wenn ich an den Inquisitor denke, fällt mir sofort der Abt mit seinem Bocksgesicht ein.“

„Im Erdgeschoß, letzte Tür ganz hinten.“ Die Schwarze Witwe fegte seelenruhig weiter.

„Du hast es schon gefunden?“ fragte Nina überrascht.

„Glaubst du, ich kann nichts anderes als putzen?“ fragte die Schwarze zurück und schwang den Besen.

Als sie Schritte den Gang entlangkommen hörten, nahmen sie ihr Putzgerät und schlenderten langsam weiter. Der Mönch, der sie überholte, ging an ihnen vorbei, als wären sie gar nicht vorhanden.

„Funktioniert ja bestens mit der Unsichtbarkeit“, murmelte die Schwarze Witwe.

„Ein wenig hat es bestimmt auch damit zu tun, daß

Putzfrauen von den Herren Mönche nicht als Lebewesen wahrgenommen werden“, antwortete Nina mit verhaltener Stimme.

Sie gingen in ruhiger Selbstverständlichkeit hinter dem Mönch her, stiegen Stockwerk um Stockwerk hinunter, bis sie im Erdgeschoß angelangt waren.

„Hier lang“, sagte die Schwarze und wies den Weg. Sie zerrte noch immer den überbreiten Besen hinter sich her.

Vor der Tür des Abtes blieben sie stehen.

„Glaubst du, daß jemand drin ist?“ fragte Nina zögernd.

„Unwahrscheinlich“, sagte die Schwarze Witwe. „Die Frühmesse wird immer vom Abt persönlich gehalten. Hat der Mann gesagt, der uns eingestellt hat.“

„Sollen wir hineingehen?“ fragte Nina.

„Was suchen wir eigentlich?“ meinte die Witwe.

„Nur mal gucken.“ Nina legte die Hand auf den Türgriff.

„Na gut“, sagte die Schwarze. „Wenn jemand drin ist, sagen wir einfach, daß wir zum Putzen kommen.“

„Na gut.“ Nina kicherte nervös. Dann drückte sie den Griff herunter. Vorsichtig öffnete sie die schwere Tür. Im Inneren des Raumes war es verhalten dunkel. Ein Geruch von verwelkten Rosen und Mottenpulver lag in der Luft. Schwere weinrote Vorhänge sperrten das Tageslicht aus und ließen alles in rotbraunem Dämmer schimmern. Ein großer Mahagonischreibtisch stand quer im Raum. Alles war völlig aufgeräumt, beinahe wie nicht bewohnt. Lediglich eine Mahagonivitrine, die in der Ecke neben einem überdimensionalen Kruzifix stand, war von innen indirekt beleuchtet.

Nina stieß die Schwarze Witwe in die Seite und pfiff durch die Zähne. „Schau mal, was da in der Vitrine liegt.“

„Eine Geige“, sagte die Schwarze Witwe. „Was findest

du daran so bemerkenswert? Soweit wir wissen, spielt das Bocksgesicht Violine."

„Ich meine ja nur." Nina ging näher an die Vitrine. „Schau mal, was da noch liegt." Sie wies auf einen Schlüssel neben der Geige.

„Wofür könnte der passen?" überlegte die Schwarze. „Sieht aus wie ein ganz normaler Schrankschlüssel."

„Dann paßt er auch vielleicht in einen ganz normalen Schrank", sagte Nina.

„Probier's!" forderte die Witwe sie auf. „Da drüben steht ein Schrank. Vielleicht gehört der Schlüssel zu dem Möbel."

Nina holte tief Luft wie vor einem Sprung ins Wasser. Dann öffnete sie die Glasvitrine, nahm den Schlüssel und ging zum Schrank gegenüber. Sie steckte den Schlüssel ins Schloß und drehte ihn.

„Bingo", sagte sie und öffnete vorsichtig den Schrank.

„Nix Bingo", antwortete die Schwarze Witwe enttäuscht. „Schulhefte, Zeichenstifte, Radiergummis, lauter Schulsachen. Das hilft uns nicht weiter."

„Das kommt davon, daß wir nicht wissen, was wir eigentlich suchen", sagte Nina ärgerlich. „Willst du mir nicht sagen, welchen Verdacht du hegst?"

„Noch nicht. Du würdest dich nur aufregen."

„Da liegen auch noch Süßigkeiten", sagte Nina. „Der Herr Abt ist vielleicht ein netter Mann, der seinen Schülern auch mal Gutes tut. Vielleicht tun wir dem alten Herrn unrecht."

„Das glaube ich weniger." Die Schwarze Witwe blickte nachdenklich.

„Komm, laß uns lieber wieder verschwinden", sagte Nina. „Hier finden wir doch nichts, und nachher kommt noch jemand und erwischt uns."

„Wobei? Beim Putzen? Dafür werden wir doch bezahlt“, widersprach die Schwarze und grinste diabolisch.

„Laß uns verschwinden“, drängte Nina.

„Halt!“ sagte die Schwarze Witwe. „Nur noch diese Tür. Wohin führt diese Tür? Wenn wir das wissen, können wir gehen.“

„Ein Privatklo wird's sein.“ Nina trat ungeduldig von einem Bein aufs andere. „Stell dir vor, wie es bei den Mönchen zugehen muß, wenn die mal müssen.“

„Ja.“ Die Witwe grinste noch diabolischer. „Ob die alle in einer Reihe an der Rinne stehen, die Röckchen der Kutten artig gelüftet?“

Die beiden gackerten boshaft.

„Jetzt laß uns aber gehen“, drängte Nina mit Lachtränen in den Augen.

„Einen Augenblick noch.“ Die Schwarze Witwe rüttelte an der Tür. „Verschlossen“, sagte sie frustriert. „Ich dachte es mir.“ Enttäuscht wandte sie sich um. „Dann bleibt uns nur eins. Wir müssen der Sand im Getriebe des Klosters werden.“

„Und wie?“

„Das wirst du gleich sehen.“ Die Schwarze Witwe zerrte Veronikas roten Pullover unter dem Kittel hervor.

„Was hast du vor?“ fragte Nina. „Wieso hast du den denn mitgenommen?“

Die Schwarze Witwe drapierte den Pullover auf dem Mahagonischreibtisch und legte das Foto von Thaddäus Ziguri dazu. Dann zog sie Nina am Arm mit hinaus. Halb aus der Tür, griff sie sich den überbreiten Besen und wurde wieder zur harmlosen Putzfrau, die nichts anderes im Kopf hat als ihre Arbeit.

„Nichts wie weg“, sagte sie. „Findest du nicht auch, daß es hier fürchterlich riecht?“

„Wonach denn?“ Nina schnüffelte.

„Ich rieche, rieche Männerfleisch.“ Die Schwarze Witwe schüttelte sich. „Böse alte Männer haben so etwas Saures und Bitteres um sich. Brrr.“

„Du bringst mich glatt zum Fürchten.“ Nina blickte sich nervös um.

„Komm, gehen wir nach Hause“, sagte die Schwarze Witwe. „Du hast völlig recht. Putzen ist nichts für mich. Ich mach uns jetzt ein wunderbares spätes Frühstück, und dann lösen wir das Rätsel.“ Mit großen Schritten marschierte sie auf den Ausgang zu.

„Ganz wie du meinst“, sagte Nina und rannte hinter der Schwarzen Witwe her. „Sollten wir nicht vielleicht noch kündigen?“

„Das machen wir telefonisch. Je weniger man sich an uns erinnert, um so besser.“

„Besser für wen?“ wollte Nina wissen.

„Besser für die Lösung des Rätsels“, sagte die Schwarze Witwe. Sie stellte ihren Besen vor dem Eingang zum Kloster ab und ging mit raschen Schritten hinüber zum Internat, auf dessen Parkplatz der kleine gelbe Nissan stand. Nina stellte Wischmop und Kübel neben den Besen und folgte ihr. Sie sehnte sich nach ihrer Lederjacke und freute sich auf das opulente Frühstück, das die Schwarze in Aussicht gestellt hatte.

Als sie in den Wagen stiegen, sahen sie einen kleinen Jungen, der mit verweinten Augen im Eingang der Schule stand.

„Armes Kerlchen“, sagte die Schwarze. „Es gibt schönere Orte für ein Kind als diesen.“

35

„Alles, was wir brauchen, ist der Sohn des Friseurs, die Zinfandel und viel Geduld", sagte die Schwarze Witwe.

„Wie einfach", meinte Nina. „Und was mach ich am Nachmittag?"

„Also ich gehe noch einmal ins Kloster, um Kevin aufzustöbern", erklärte die Schwarze Witwe.

„Noch einmal stellt dich die Reinigungsfirma nicht ein, nachdem wir uns einfach so verdrückt haben."

„Ich brauche die Reinigungsfirma nicht. Wenn ich in meinem Putzfrauenkittel stecke und ins Kloster marschiere, interessiert sich kein Mönch dafür, ob ich erlaubt oder unerlaubt da bin." Sie lachte. „Sichtbarkeit ist auch eine Art von Unsichtbarkeit, meine Liebe."

„Und was mache ich?" erkundigte sich Nina.

„Du stiehlst die Zinfandel", sagte die Schwarze Witwe.

„Was?" Nina riß entsetzt die Augen auf.

„Ja", sagte die Schwarze. „Frieda hat gesagt, daß du eine große Aufgabe bewältigen mußt. Das wäre doch eine große Aufgabe."

„Bist du narrisch?" antwortete Nina. Ihr war, als hörte sie Frieda lautlos lachen.

„Die Zinfandel gehört zurück in Frauenhand", erklärte die Schwarze Witwe großspurig. „Aber vor allem brauche ich sie, um eine Falle aufzustellen."

„Wie war es früher gemütlich bei uns", sagte Nina. „Damals, als ich noch jeden deiner Gedankengänge kannte und immer in alles eingeweiht war."

„Mein Engel, du weißt, daß du in manchen Situationen mehr als mühsam wirst, wenn ich zu früh zu plaudern beginne“, schränkte die Schwarze ein. „Vertrau mir.“

„Klar doch. Es ist ja auch nur ein Einbruch, zu dem du mich aufforderst.“

„Frieda wird dich coachen“, sagte die Schwarze Witwe.

„Wie überaus beruhigend.“ Nina ärgerte sich über ihre plötzlich feuchten Hände. „Habe ich wenigstens ausreichend Zeit, mich vorzubereiten?“

„Nein“, sagte die Schwarze Witwe.

Als Nina am nächsten Morgen nach einer schlechten Nacht mit unruhigen Träumen erwachte, war das Bett neben ihr leer. Auf dem Kopfpolster lag ein Zettel:

Bin putzen. Füttere bitte die Tiere.

Bis bald.

X. X.

„Guten Morgen, meine kleine X. X., danke, ich habe auch gut geschlafen“, brummte Nina und stand auf.

36

„Pssst“, hörte Kevin, als er in der weißen Soutane der Novizen den Gang zum Eßsaal hinunterging. Er sah sich um, konnte aber niemanden entdecken.

„Hey, Kleiner“, flüsterte es hinter ihm. Er drehte sich um und sah in die Augen einer wahrscheinlich türkischen Putzfrau. Oder war sie Bosnierin? Fragend, aber freundlich blickte er sie an. Sie winkte ihn näher. Vertrauensvoll trat er auf sie zu.

„Deine Mutter schickt mich“, sagte die Putzfrau und bemühte sich um eine Art von ausländischem Akzent.

„Was ist mit ihr?“ fragte er erschrocken. „Ist sie krank? Ist ihr etwas passiert?“

„Nein, krank ist sie nicht“, sagte die Putzfrau. „Und passiert ist ihr schon gar nichts. Aber es ist sehr dringend. Sie bittet dich, sofort nach Hause zu kommen.“ Unauffällig sah sie sich um. Zu ihrer Beruhigung war niemand zu sehen.

„Was ist denn mit ihr“, erkundigte sich Kevin nervös.

„Nichts weiter. Sie hat dir nur etwas Wichtiges mitzuteilen“, sagte die Putzfrau. „Du brauchst wirklich keine Angst zu haben.“

„Gut. Dann hole ich mir nur schnell beim Frater Pförtner die Erlaubnis.“

„Das ist nicht notwendig“, sagte die Putzfrau schnell und nahm ihn am Arm. „Ich habe mit dem Frater bereits gesprochen. Du kannst gleich durch den Putzfraueneingang im Keller mitkommen. Mein Auto steht auf dem Parkplatz der Schule. Es ist ein kleiner gelber Nissan. Am besten gehe ich voraus, und du kommst in ein, zwei Minuten nach. Ich habe zwar eine Sondergenehmigung, aber es ist besser, wenn man uns nicht zusammen sieht.“

Irritiert starrte der Junge sie an. „Sondergenehmigung?“ fragte er.

„Sei nicht so weltfremd“, sagte sie kühn. So schnell wie sie aufgetaucht war, war sie auch wieder verschwunden.

Im Auto riß sie das Kopftuch herunter und schlüpfte aus dem Putzfrauenkittel. Dann zog sie ihr neues Herrensakko über und fühlte sich gleich viel besser. Sie sah Kevin in seiner weißen Soutane mit zögernden Schritten über den Platz gehen und auf ihr Auto zusteuern. Von innen öffnete sie die Tür und bedeutete ihm, einzusteigen. Er saß noch nicht ganz richtig, als sie den Wagen schon startete und mit Vollgas davonfuhr.

„Sind Sie nicht die Dame, die bei meinem Abschiedskonzert unentwegt geredet hat?“ fragte er, während er versuchte, den Sicherheitsgurt zu erwischen.

„Sei nicht so nachtragend“, sagte die Schwarze Witwe. „Schließlich bin ich auch bereit, dir zu verzeihen.“

„Zu verzeihen, was denn bitte?“ erkundigte er sich verwirrt.

„Daß du dein Talent so sehr mißachtest und nicht bereit bist, ein berühmter Geiger zu werden.“

„Es ist nicht so wichtig, nach dem Ruhm zu streben“, sagte er.

„Woher hast du das denn?“

„Vom Herrn Abt“, antwortete er und sah angestrengt aus dem Fenster.

„Beelzebub, altes Bocksgesicht“, murmelte die Schwarze Witwe.

„Bitte was?“ fragte Kevin.

„Ich sagte, ich habe keinen Bock auf Böcke“, erklärte die Schwarze Witwe.

„Ich verstehe trotzdem nicht.“ Kevin schüttelte den Kopf.

„Ich muß dir etwas sagen“, sagte die Schwarze. „Und bitte reg dich nicht auf.“ Als sie Graz hinter sich gelassen hatten und Richtung Feldbach fuhren, drosselte sie das Tempo und begann geduldig, ihr Anliegen darzulegen.

37

Nina war den ganzen Tag herumgerannt, als hätte sie Fieber. Sie nahm kaum zur Kenntnis, daß der Sohn des Friseurs Sabines altes Zimmer in der Keusche bezogen hatte. Sie realisierte nicht einmal, daß die Schwarze Witwe viel Zeit bei ihm verbrachte und er viel zu weinen schien. Sie befand sich in einem Zustand der milden Raserei und überlegte ernsthaft, davonzuschleichen und sich für ein paar Tage nach Wien abzusetzen. Dann erinnerte sie sich plötzlich wieder ihrer Träume und wurde klar und kühl.

Sie sah Jagoda Zinfandel und ihre geliebte Geigerin vor sich und lächelte. *Also gut,* dachte sie. *Der große Augenblick ist gekommen. Wirklichkeit wird Wirklichkeit. Ich werde ganz allein sein. Diesmal werde ich die sein, die sich in Gefahr begibt, und Frieda wird draußen auf mich warten. Was kann mir passieren?* Ihr Herz klopfte. *Sie haben vielleicht eine Alarmanlage. Sie haben ganz sicher eine Alarmanlage.* Ihre Hände zitterten. Sie rannte in den Wald und kletterte auf einen Jägersitz. Es beunruhigte sie, daß sie nicht die Zeit hatte, vorher ein paar Tage zu fasten.

„Du hast ganz einfach nur Angst", sagte Frieda, die sie auf dem Jägersitz erwartete. „Hier, trink das." Sie reichte ihr eine Flasche.

„Was ist das?" Nina entkorkte sie mißtrauisch.

„Tee von ein paar Kräutern", erklärte Frieda. „Er macht dich ruhig und stark. Was hast du denn gedacht? Schnaps vielleicht?"

Nina schnupperte und trank einen kräftigen Schluck.

„Angst ist gut", sagte Frieda. „Ohne Angst würden sie dich erwischen."

„Wie beruhigend", sagte Nina nervös.

38

Die Sonne war untergegangen. Dämmerung senkte sich über die vulkanischen Hügel, als der kleine gelbe Nissan über gewundene schmale Straßen nach Gleichenberg rollte. Noch vor dem Ort lenkte die Schwarze Witwe, die diesmal am Steuer saß, den Wagen in ein Wäldchen und stellte ihn ab.

„Wir können froh sein, daß Neumond ist", sagte sie leise. „Sonst wärt ihr beide nur zu gut zu sehen und vor allem zu erkennen."

„Mh", sagte Frieda.

„Also gut", antwortete die Schwarze Witwe. „Ich bleibe hier beim Auto und warte, bis ihr zurück seid."

„In Ordnung." Nina stieg aus.

„Falls ich nicht bis dahin meine sämtlichen Nerven weggeworfen habe", fuhr die Schwarze fort.

„Mh", wiederholte Frieda.

„Also toi, toi, toi", sagte die Schwarze.

Frieda und Nina verschwanden ohne Antwort lautlos in der Dunkelheit.

39

Nina sah von ihrem Versteck aus den Hausmeister in seinem grauen Kittel über den Parkplatz gehen. Er hatte soeben das Schloßportal verschlossen. Auf seinem Weg drehte er sich mehrmals um und musterte die Fassade, als wollte er sich vergewissern, daß er in allen Räumen das Licht abgedreht hatte. Er wandte sich zum kleinen Gesindehaus, das etwas abseits im Schatten stand. Von hier aus löschte er auch die Außenbeleuchtungen. Dann zog er einen Schlüssel aus der Tasche und sperrte die Haustür auf. Wenige Augenblicke nachdem er das Haus betreten hatte, schimmerte bläulich flackerndes Licht aus einem der Fenster, woraus Nina schloß, daß er den Fernseher angestellt hatte.

Ich wünsche Ihnen einen schönen Feierabend, dachte sie. Sie gab ihm noch ein paar Minuten, sich mit Bier und Essen zu versorgen, und lief dann los. Intuitiv spürte sie, wie Frieda neben ihr lief.

Vor dem Portal blieb sie stehen und prüfte in der Dunkelheit, ob es eine Möglichkeit gab, die Tür zu öffnen. *Bitte, Göttin, laß sie keine Alarmanlage haben, und wenn, laß sie ausgeschaltet sein. Wenn nicht, laß sie gestört sein.*

„Mach nicht so einen Aufstand", brummelte Frieda neben ihr. „Das ist doch ganz einfach. Diese alten Türen dürfen kein Problem für dich sein."

„Sie ist so schwer", flüsterte Nina zurück.

„Du bist doch eine große, starke Frau", wisperte Frieda mit ihrer Baßstimme. „Probier es noch einmal."

Nina legte die Hände an das Portal und fühlte sich ins Holz hinein. Es gab einen Ruck, und die Tür öffnete sich.

„Siehst du", sagte Frieda. „Man muß nur wollen. Jetzt geh hinein. Ich warte hier."

Nina schlüpfte durch das Portal. Im Inneren versuchte sie sich an ihren ersten Besuch zu erinnern. *Wo ging es lang?* überlegte sie. *Links unten. Nein, rechts oben.* Sie zwang sich zu absoluter Ruhe, dachte an das, was sie bei Frieda gelernt hatte, und atmete tief und regelmäßig in den Bauch. Dann erlaubte sie ihrem Kopf, sich ein Bild von der Zinfandel zu machen, wie sie sicher in ihren Armen lag und zum Auto getragen wurde. Sie begann innerlich nach der Zinfandel zu rufen und bat Veronika Rauch und Jagoda Zinfandel, ihr als Ahninnen beizustehen. Langsam fielen Nervosität und Panik von ihr ab. Ihr Schritt wurde leicht und sicher, ihr Blick klar, ihr Verstand hellwach und schnell. Lautlos glitt sie die große Freitreppe hinauf und fand trotz der Dunkelheit mühelos den Raum, in dem die Zinfandel aufbewahrt wurde. Vorsichtig öffnete sie die Tür und spähte hinein. Für einen kurzen Augenblick war sie versucht, die kleine Taschenlampe anzuknipsen, die sich bei sich führte. Dann besann sie sich auf Frieda und trat ein, ohne Licht zu machen.

Ganz ruhig, dachte sie. *Ein Schritt nach dem anderen.* Draußen hörte sie ein Käuzchen schreien. Schrecken fuhr ihr durch die Glieder. *War das nun ein Käuzchen oder Frieda, die mich warnen will?* Wieder schrie das Käuzchen. Sie glitt ans Fenster und versuchte in der Dunkelheit draußen etwas zu erkennen. *Nichts. Ist ja auch völlig unwahrscheinlich. Der Hausmeister sitzt beim Bier vor dem Fernseher. Sonst ist wohl niemand hier.*

Sie tastete sich zum Podest, auf dem die Zinfandel lag, und untersuchte den Glassturz nach einer Möglichkeit, ihn zu öffnen. Draußen knarrte Parkett. Mit Herzrasen hielt sie inne und lauschte. Nichts. Sie wandte sich wieder dem Mechanismus des Glassturzes zu. Plötzlich hatte sie ihn erfühlt. Sie griff in ihre Hosentasche und zog eine Sammlung gebogener Drähte heraus. Sie beschloß, jede Zeit zu vergessen und ganz entspannt einen Dietrich nach dem anderen auszuprobieren, bis sie den passenden gefunden hatte.

Mit einem Klack zeigte das Schloß an, daß sie es geknackt hatte. Vorsichtig öffnete sie den Glassturz und hob die Zinfandel heraus, als sei sie ihr Baby. Sie nahm sie lächelnd auf den Arm und drehte sich um, um den Weg zurück ins Freie zu nehmen.

Nina war noch nicht an der Zimmertür angelangt, als gleißendes Licht den Schloßhof und den davor liegenden Parkplatz überflutete. Sie stürzte ans Fenster und sah hinaus. Auf dem Parkplatz parkte ein Auto.

Was jetzt? dachte sie. *Sind das die Schloßherren, die nach Hause gekommen sind? Die gehen ganz gewiß nicht als erstes in den Raum, in dem die Zinfandel liegt.* Vorsichtig, um nicht gesehen zu werden, bewegte sie sich vom Fenster weg. Dann sah sie den Abt von Mariahilf, begleitet vom Hausmeister vom Gesindehaus zum Schloß herüberkommen. *O Göttin,* dachte sie. *Jetzt ist es aus. Für den Abt gibt es nur einen Raum, der ihn interessiert, und das ist der mit der Zinfandel.* Sie rannte zur Tür und schlüpfte hinaus. Als sie an der großen Freitreppe stand, flammte in allen Gängen Licht auf.

Die Zinfandel unter dem Arm rannte sie ein Stockwerk höher und versteckte sich hinter einer der zahlreichen unsäglichen Ritterrüstungen, die hier herumstanden. Sie hörte die beiden Männer bis zum Zinfandel-Raum gehen. Dann klappte die Tür. *Das ist aber auch das einzige, was heute abend klappt,* dachte sie und mußte grinsen. *Solange ich noch blöde Witze machen kann, ist nichts verloren,* erinnerte sie sich einer der Lebensweisheiten der Schwarzen Witwe.

Konzentriert lauschte sie auf das Geschehen ein Stockwerk tiefer. Ein Entsetzensschrei und aufgeregtes Geplapper ließen darauf schließen, daß die beiden den Diebstahl bemerkt hatten. *Jetzt nichts wie weg,* dachte Nina, holte tief Luft und atmete ebenso tief aus. Pfeilschnell startete sie durch und rannte unhörbar die Freitreppe hinunter. *Nicht überlegen, warum das Parkett unter meinen Füßen nicht knarrt,* dachte sie. Dann war sie am Portal angekommen. Sie riß es auf und ließ sich vom Schatten des Schlosses verschlucken.

„Hast du sie?" flüsterte Frieda.

Nina fuhr zusammen. „O Schneewittchen", stöhnte sie. „Ich glaube, das Stressigste an solchen Unternehmungen bist immer du."

„Was ist stressig?" fragte Frieda im Flüsterton.

„Später", sagte Nina. „Solange die Hose nicht am Kronleuchter hängt, wird weitergesoffen."

„Was?" fragte Frieda.

„Das hat Claire Waldoff mal gesagt", erklärte Nina. „Sie war eine Schwester, und es bedeutet, daß wir einfach weitermachen."

„Du hast eine Schwester?" flüsterte Frieda. „Das wußte ich ja gar nicht."

„Wie kommen wir jetzt hier wieder weg?" Nina überging Friedas Bemerkung.

„So, wie wir hergekommen sind", erwiderte Frieda.

„Dann Ohren anlegen und los." Nina war, als hörte sie in weiter Ferne zwei Frauen leise kichern.

40

„Jetzt bleibt uns nur noch eins zu tun," sagte die Schwarze Witwe. „Und betet zur Göttin, daß der Kerl nicht vor uns beim Ziguri steckt."

„Was hast du vor, wovon sprichst du?" Nina war von der Aufregung noch immer ein wenig zittrig.

„Wenn meine Berechnungen aufgehen, fährt das alte Bocksgesicht von Gleichenberg direkt zum Pfarrer von St. Peter", erklärte die Schwarze Witwe.

„Und was will er beim Pfarrer von St. Peter?" Nina streichelte liebevoll über das glänzende Holz der Zinfandel. „Wußtest du, daß Jagoda das Holz für ihre Geigen in Wein eingelegt hat, um es besser klingen zu lassen?"

„Nein", sagte die Schwarze Witwe. „Vielleicht wird ja eines Tages ein Wein nach ihr benannt."

„Ja, vielleicht", sagte Nina träumerisch. „Was will der Abt beim Pfarrer in St. Peter?"

„Ihn fertigmachen", antwortete die Schwarze Witwe.

„Was, warum?" fragte Nina überrascht.

„Das wirst du sehen. Bin ich froh, daß du es geschafft hast, die Zinfandel zu holen."

„Was willst du damit?"

„Kevin soll darauf spielen", sagte die Schwarze Witwe. „Das war schon immer sein Traum."

„Ist heute Weihnachten, und bist du das Christkind, das den Kindern ihre Wünsche erfüllt?"

„Nein", mischte Frieda sich vom Rücksitz ein. „Es ist doch Sommer."

„Richtig“, sagte die Schwarze Witwe. „Du wirst gleich sehen, was ich vorhabe. Wir starten so etwas wie den großen Lauschangriff. Kevin wartet schon.“ Sie steuerte den Wagen, so schnell sie konnte, über die kurvigen Straßen zurück nach St. Peter.

„Ich fasse es nicht“, sagte Nina.

Sie fuhren an der Kläranlage vorbei und bogen am ehemaligen Laden von Koroschetz rechts ab. An der Kirche bogen sie nach links und rollten eine kleine Straße entlang. Hinter einem verlassenen, halb verfallenen Haus parkte die Schwarze Witwe. „Kommt mit. Wir gehen zum Haus des Pfarrers. Und vergiß die Geige nicht. Kevin wird sie gleich brauchen.“ Sie griff sich ihr kleines Diktiergerät, überprüfte, ob Kassette und Batterien eingelegt waren, und steckte es in ihre Manteltasche. „Reservekassetten habe ich auch“, sagte sie.

Frieda wandte sich zum Gehen. „Gut gemacht“, lobte sie Nina. „Aber daran, wie du dich im Schatten versteckst, mußt du noch arbeiten.“ Dann verschwand sie lautlos in der Dunkelheit.

Die beiden Frauen schlichen zum Pfarrhaus. An der Kellertür klopfte die Schwarze Witwe dreimal – leise, aber bestimmt. Die Tür wurde gerade so weit geöffnet, daß die beiden Frauen nacheinander hineinschlüpften konnten.

„Ich hoffe nur, daß du mir keinen Blödsinn erzählt hast“, sagte die großgewachsene Frau, die von innen geöffnet hatte. „Sonst kann ich mir für die nächsten dreißig Jahre jede Beförderung aus dem Kopf schlagen.“ Sie fuhr sich durch ihr kurzgeschnittenes blondes Haar und ließ kurz ihr Pistolenhalfter unter der Jacke hervorsehen.

„Grüß dich, meine Liebe“, flüsterte die Schwarze Witwe. „Es hat also alles geklappt.“

„Das wird sich erst zeigen“, flüsterte die Frau zurück.

„Wer ist denn diese Pistolera?“ fragte Nina konsterniert.

„Das, mein Engel“, sagte die Schwarze Witwe, „ist meine alte Freundin Brigitte Anderle. Sie ist Polizistin. Genauer gesagt bei der Kripo Wien. Noch genauer gesagt ist sie zuständig für Verbrechen wie Kindesmißbrauch und Kinderhandel.“

„Ausgerechnet du hast eine Freundin bei der Polizei?“ wunderte sich Nina.

„Wir kennen uns aus lang vergangenen Zeiten“, sagte die Schwarze Witwe. „Brigitte ist die einzige Person bei der Polizei, der ich vertraue. Außerdem kennt sie sich mit den Dingen aus, die wir offenbar ausgegraben haben.“

„Das wird sich erst zeigen“, zweifelte Brigitte. „Wenn du recht hast, werde ich die Kollegen in Graz informieren müssen.“

„Wenn ich recht habe, wird mich der Fall nichts mehr angehen“, antwortete die Schwarze Witwe. „Die Täter werden von der Kirche gedeckt werden, sofern sie zum Klerus gehören, die anderen sind bald wieder draußen, um weiterzumachen. Die Opfer werden auf Kosten der Steuerzahler therapiert. Fall erledigt.“

„Hast leider recht“, stimmte Brigitte ihr zu.

„Wo ist Kevin?“ fragte die Schwarze Witwe.

„Hier.“ Kevin, der sich im Hintergrund gehalten hatte, trat vor. Er wirkte erschöpft und deprimiert.

Die Schwarze Witwe nahm die Zinfandel vorsichtig in die Hand und reichte sie ihm. „Weißt du, was das ist?“

Er nickte, Tränen in den Augen. „Die Zinfandel“, sagte er. „Ich würde sie unter Tausenden erkennen.“

„Heute darfst du sie spielen“, sagte die Schwarze Witwe. „Aber erst, wenn ich dir ein Zeichen gebe.“

Er nickte. „Ich habe sie schon ein paarmal spielen dürfen“, sagte er. „Allerdings...“ Er schwieg.

„Allerdings was?“ fragte Nina.

„Allerdings wird mir manchmal hinterher übel.“

„Ich weiß“, sagte die Schwarze Witwe. „Jedenfalls finde ich es super, daß du die Frau Kriminalkommissarin in den Keller gelassen hast.“

„So war es doch ausgemacht. Mich kennt halt der Herr Pfarrer. Er hat meinen Besuch für ganz normal gehalten. Er hat auch nicht gemerkt, daß ich das Haus nicht wieder verlassen habe, sondern in den Keller gegangen bin, um auf Frau Anderle zu warten.“

„Du wirst sehen, wenn dein Fall zur Verhandlung kommt, wird sich das sicher positiv auf das Strafmaß auswirken, das du zu erwarten hast“, sagte die Schwarze Witwe.

Im Gesicht des jungen Mannes zuckte es nervös.

„Es wird wahrscheinlich weitaus weniger dramatisch, als du befürchtest“, sagte Brigitte Anderle tröstend. „Du bist ja erst sechzehn. Auch wird berücksichtigt werden müssen, daß du deine Freundin nicht alkoholisiert hast fahren lassen wollen.“

„Ach, Kevin ist der mysteriöse verschwundene Fahrer?“ fragte Nina überrascht.

Die Schwarze Witwe nickte.

„Der Veronikas Wagen an den Baum gesetzt hat?“ fragte Nina weiter.

„Ja“, sagte Kevin leise.

„Und du bist einfach davongerannt?“

Er nickte. „Veronika war sofort tot. Mir ist nichts passiert. Aber ich hatte einen so furchtbaren Schock, daß ich einfach heimgelaufen bin und mich versteckt habe.“

„Tapferer Bursche.“ Nina starrte ihn vernichtend an.

„Laß ihn“, sagte die Schwarze Witwe. „Er hat genug dafür büßen müssen.

„Ach, und wodurch?“ wollte Nina wissen.

„Der Herr Abt hat es gewußt und mich erpreßt“, sagte Kevin leise. „Er hat von mir verlangt, daß ich zu ihm ins Kloster komme und Mönch werde.“

„Auch eine Möglichkeit, den Schwund an Geistlichen zu stoppen“, meinte Nina.

Draußen fuhr ein Wagen vor. Sie hörten, wie eine Person aus dem Wagen stieg und die Tür zuknallte.

„Das könnte er sein“, flüsterte die Schwarze Witwe. „Ist der Pfarrer eigentlich zu Hause?“

„Ja“, flüsterte Brigitte Anderle zurück. „Nach allem, was wir von hier hören konnten, sitzt er in seiner Bibliothek.“

Sie hörten die Türglocke läuten. Dann, wie Ziguri zur Tür ging. Zwei Männerstimmen schienen in einen aufgeregten Disput verwickelt.

Die Schwarze Witwe schlich die Kellertreppe hinauf und blieb horchend an der geschlossenen Kellertür stehen. „Gleich“, flüsterte sie. „Nina, du bleibst hier. Sobald die beiden Platz genommen haben, gehe ich hinaus und nehme das Gespräch vom Fenster aus auf. Wenn ich dreimal an die Tür klopfe, geht Kevin an diese Kellertür und fängt an, auf der Zinfandel zu spielen. Alles klar?“

Sie eilte die Stiege wieder hinunter und zur Tür hinaus.

41

„Was hast du dir dabei gedacht, du kleiner Wurm?“ brüllte der Abt und war mit seinem Gesicht keine dreißig Zentimeter vom Gesicht des Pfarrers entfernt.

„Ich habe nicht die geringste Ahnung, wovon du

sprichst“, antwortete Thaddäus Ziguri mit bleichem Gesicht.

„Hiervon spreche ich.“ Der Abt hielt ihm wutentbrannt Veronikas roten Pullover unter die Nase. „Und hiervon“, schrie er und warf Ziguri dessen Foto vor die Füße. „Was wolltest du mir damit sagen?“

„Ich kenne diesen Pullover nicht“, antwortete Ziguri und versuchte sein Foto aufzuheben.

„Laß es dort, wo es hingehört“, knurrte der Abt und stellte seinen Fuß, der in einem eleganten handgenähten Schuh steckte, darauf. „Ich habe genug von deinen Provokationen. Denk dran, ich habe die besten Verbindungen bis hinauf in den Vatikan. Wenn ich will, kann ich dich sang- und klanglos verschwinden lassen. Einfach so.“ Er schnippte mit den Fingern.

Ziguri schwieg.

„Es hat mich drei Minuten gekostet, dafür zu sorgen, daß diese kleine Schnüffelschlampe einen Denkzettel verpaßt bekommt“, trumpfte der Abt auf. „Der Buchrieser hat mich auf dem laufenden gehalten über die Aktivitäten der beiden Frauen, mit denen ihr hier in St. Peter wohl nicht fertigwerdet. Ein Anruf bei mir, und er hatte die Erlaubnis, seine Rocker loszuschicken. Die haben der Kleinen gezeigt, daß wir uns nicht ins Handwerk pfuschen lassen. Wenn diese verrückte Alte nicht dazugekommen wäre, hätte die Kleine noch mehr abbekommen. Wir brauchen keine Unruhestifter. Wir schätzen Ruhe und Ordnung. Wir sind anständige Bürger.“

Ziguri war anzusehen, wie verzweifelt er war. „Ich hab’s gewußt. Der Buchrieser steckt mit drin.“

„Also hast du in St. Peter hinter mir herspioniert“, erklärte der Abt mit schneidender Stimme.

Ziguri schüttelte den Kopf.

„Womöglich hast du auch die Zinfandel verschwinden lassen“, zischte der Abt.

„Gewiß nicht“, stammelte Ziguri. „Wie sollte ich so etwas anstellen?“ Er wurde rot. „Und warum?“

„Vielleicht nicht du persönlich, aber irgendwer, den du beauftragt hast.“

„Ich kenne niemanden“, stotterte Ziguri. Es war ihm anzusehen, daß er sich zu Tode fürchtete.

„Soll ich den Buchrieser holen?“ drohte der Abt.

Ziguri schüttelte den Kopf.

„Er hat schnell ein paar Rocker bei der Hand“, sagte der Abt. „Die machen kurzen Prozeß mit dir.“

„Es hat keinen Sinn, mir zu drohen. Gott sieht dein Tun und wird dich zu gegebener Zeit richten.“

Der Abt lachte häßlich auf. „Da“, schrie er und knallte Ziguri die Bibel vor die Füße. „Zeig mir eine Stelle in diesem Buch, die verbietet, was ich tue. Du wirst keine finden, du kleiner Heiliger. Du hast auch einmal mitgetan und nicht zuwenig. Und du weißt ja, was der Radi gesagt hat – die sogenannten Opfer sind selbst auch immer ein wenig mit schuld. Das kann ich nur bestätigen, daß ihr mich verführt habt mit euren unschuldigen Gesichtern und unverschämten Blicken.“

„Erpreßt hast du uns“, gab Ziguri zurück. „Wenn wir ein Schulheft brauchten oder einen Stift oder ein Radiergummi, mußten wir zu dir persönlich gehen. Für einen Kuß, für ein bißchen Getatsche und mehr haben wir dann Hefte und Stifte bekommen. Wenn du uns auch noch fotografieren durftest, gab es Schokolade.“

„Na und?“ höhnte der Abt. „Ihr habt sie doch gern gegessen, die Schokolade.“

Ziguri brach in Tränen aus. „Das gleiche Verbrechen hast du an Kevin begangen und sogar an der armen Veronika. Alles, aber auch alles hat sie getan, um nur Geige spielen zu dürfen, das arme Kind."

„Was willst du denn, sie hat ja Geige spielen dürfen. Ich habe ihr all mein Können weitergegeben."

„Aber um welchen Preis", flüsterte Ziguri. „Du hast auch sie mißbraucht, du schmutziger, widerlicher Kerl. Und jetzt ist sie tot." Er schluchzte. „Auf ewig in der Verdammnis durch deine Schuld."

„Hör auf mit diesem Unsinn von Schuld, Schuld, Schuld", zischte der Abt. „Du kannst dir nicht vorstellen, wozu Veronika bereit war, nur, um auf der Zinfandel spielen zu dürfen. Das war ein Geschäft auf Gegenseitigkeit."

„Du Teufel!" flüsterte Ziguri.

„Du hast ja keine Ahnung, wie einsam ein Abt ist", sagte der Abt. „Hast du denn gar kein Mitgefühl mit mir?"

Ziguri sah ihn aus leeren Augen an.

„Ihr denkt immer nur an euch", klagte der Abt. „Aber daß ich damit fertigwerden muß, von lauter kleinen berechnenden Menschen umgeben zu sein, daran denkt ihr nicht. Es gibt keine Liebe mehr auf der Welt. Ihr schenkt mir eure Gunst nur, wenn ich euch belohne."

„Du hast Veronikas Leben zerstört, wie du meines zerstört hast und das von Kevin", sagte Ziguri.

„Sie war eh nicht zu gebrauchen. Zu alt für meine Freunde. Die lieben das wirklich junge Gemüse." Der Abt lachte zynisch.

„Das dürfte den Bischof interessieren, daß du damit auch noch Geld verdienst", trumpfte Ziguri mutig auf. Seine Hände zitterten.

„Ich?" sagte der Abt. „Keinen Schilling. Alles Geld, das ich damit mache, kommt der Kirche zugute. Ich spende alles. Was meine weltlichen Freunde mit ihrem Verdienst machen, geht mich nichts an."

Ziguri starrte ihn schmerzerfüllt und zornig an.

„Du wirst mich nicht verraten, du kleiner Wurm du."

„Sicher nicht", antwortete Ziguri. „Ich darf es nicht. Vielleicht würde ich es auch nicht überleben. Aber andere werden es tun."

„Andere? Daß ich nicht lache. Welche anderen denn? Da ist keiner, der redet. Der Buchrieser hält den Mund, der verdient nämlich auch gern ein Geld nebenher. Und meine jungen Freunde reden sowieso nicht, genau wie du." Er verschränkte die Arme über der Brust. Der Pfarrer senkte das Haupt und faltete die Hände.

„Wo sind sie denn, diese anderen, die mich verraten könnten?" höhnte der Abt.

„Wenn die Mutter heimkommt und sieht, daß ihr Sohn das Haus nicht in Ordnung hält, wird ihr Zorn groß sein", antwortete Ziguri.

„Ich habe immer gewußt, daß du nicht ganz richtig im Kopf bist", entgegnete der Abt.

Ziguri rang die Hände.

Wie aus anderen Sphären kommend, erfüllte der klare, reine Klang der Zinfandel den Raum. Die Musik schien durch die Wände zu dringen.

Das Gesicht des Abtes durchlief in kürzester Zeit alle Stadien der Verwirrung, zu der menschliche Wesen fähig sind. „Was ist das?" rief er. „Also doch. Du hast sie. Wer spielt da?"

Er rannte zur Tür und riß sie auf. Als er niemanden sah, kehrte er zu Thaddäus Ziguri zurück. „Was wird hier gespielt?" brüllte er.

Ziguri, seinerseits ebenfalls völlig verwirrt, schwieg.

Wutentbrannt warf sich der Abt auf den Pfarrer und begann mit ihm zu ringen.

Hätte ich doch nur eine Kamera dabei und nicht nur

mein kleines Diktiergerät, dachte die Schwarze Witwe und wechselte eilig die Kassette. *Wenn die lieben Gläubigen sehen würden, wie es hinter den Kulissen der Kirche zugeht, wenn die Herren unter sich sind, sie würden den ganzen Klerus zum Teufel jagen. Wo er hingehört.* Sie rannte zurück zur Kellertür und schlüpfte hinein.

„Es ist soweit", sagte sie aufgeregt zu Brigitte Anderle. „Du kannst jetzt amtshandeln. Ich habe alles auf der Kassette. Wenn Kevin sein Versprechen hält und auspackt, sollten wir ihn festgenagelt haben. Nina und ich fahren nach Gleichenberg und bringen die Zinfandel zurück."

„Wie bitte?" fragte Nina.

42

„Bin gleich soweit." Nina schraubte die letzte Schraube in das Tor des Ziegengatters. Dann rannte sie zu dem alten Suzuki, den sie sich als Transportfahrzeug ausgeliehen hatte, und stieg auf der Fahrerseite ein.

„Kannst du mir sagen, warum der Fahrersitz bei höhergelegenen Fahrzeugen Bock heißt?" fragte sie.

„Wird auch Zeit", sagte die Schwarze Witwe und überhörte Ninas Frage. „Die Ziegen warten seit März darauf, daß wir sie holen."

Sie fuhren über den Waldweg auf die Asphaltstraße und nach einigen Kurven Richtung Entschendorf ab.

„Hast du gelesen, was mit dem Abt passiert ist?" fragte die Schwarze Witwe.

„Klar doch", sagte Nina. „Sie haben ihn außer Landes geschickt, in ein Kloster bei Dresden, in dem resolute

Nonnen leben, die sich seiner erwehren können, hat es geheißen."

„Er ist wieder da", sagte die Schwarze Witwe.

„Ich fasse es nicht. Bekommt der denn nicht mal ein Gerichtsverfahren?"

Die Schwarze Witwe lachte. „Wir Heidinnen machen uns keine Vorstellung, was Kleriker alles dürfen, ohne ins Gefängnis zu kommen."

„Und wo steckt er?" fragte Nina.

„In seiner alten Wirkungsstätte. Er ist zwar nicht mehr der Abt, sondern quasi aufs Altenteil geschoben. Aber er lebt wieder im Kloster Mariahilf. Er sei krank und alt, heißt es. Der Erzbischof hat den Gläubigen via Fernsehen mitgeteilt, man müsse auch vergeben und verzeihen können. Er sei ein kranker Mann, der unser Mitleid verdiene."

„Was?" schrie Nina empört und verriß beinahe den Wagen.

„Aber auch ich war nicht untätig", sagte die Witwe. „Die Göttin Kali wird ihm erscheinen. Ich habe die ganze Nacht darüber meditiert."

„Was ist denn mit dem Pfarrer von St. Peter geschehen?" erkundigte sich Nina.

„Sie haben ihn nach Guatemala abgeschoben", sagte die Schwarze Witwe.

„So haben sie ihn also doch zum Schweigen gebracht."

„Ja, ich nehme an, das war eine Kleinigkeit für sie. Aber er kann dort nicht nur seine Angst vor der Nähe zu Menschen abbauen. Er hat immerhin eine Chance, sich den Revolutionären der Kirche anzuschließen und damit Idealen zu folgen, die er hier wohl kaum finden wird. Ganz abgesehen davon, daß in Guatemala die Große Mutter der Inka noch sehr lebendig ist. Was dort unter Christentum verstanden wird, hat wahrscheinlich mehr mit unser beider Weltbild zu tun als mit dem, was der Papst anordnet."

„Was wurde aus Buchrieser?"

„Er wartet in Karlau auf seinen Prozeß", antwortete die Witwe. „Aber wahrscheinlich kommt er glimpflicher davon, als uns recht ist. Sein Gasthof ist verkauft. Die neuen Besitzer wollen ihn als Jugendtreff weiterführen. Chantal, Nicole und Jeannine haben also auch weiter einen Ort, an dem sie sich treffen können."

„Und Kevin?"

„Er ist schon wieder heraus aus dem Gefängnis. Wenn ich richtig informiert bin, hat er einen Ausbildungsplatz am Wiener Konservatorium erhalten", sagte die Schwarze Witwe.

„So war es also doch nur ein typischer Unfall der Disco-Nächte auf dem Lande", meinte Nina.

„Richtig. Obwohl ich glaube, daß Veronika noch leben könnte, wenn sie dem Beelzebub nicht in die Hände gefallen wäre. Wenn wir die Lebensumstände aller Frauen und Männer, die in ihrer Kindheit sexuell mißbraucht wurden, untersuchen könnten, würden wir wahrscheinlich feststellen, daß nicht nur besonders häufig Suchtverhalten zu finden ist, sondern auch Unfälle, tödliche Krankheiten und Depressionen."

„Manchmal wünsche ich mir, wir könnten einfach mit unserer Sau und den Ziegen ein bäuerliches Leben führen, ohne daß uns immerzu der Horror dieser Welt quält."

„Ja", sagte die Schwarze Witwe. „Das wünsche ich mir auch. Aber denk daran, wenn wir es nicht tun, tut es niemand. Was wäre gewesen, wenn ich nicht über den seltsamen Tod der Veronika Rauch gestolpert wäre."

„Dann bin ich gespannt, was demnächst unsere Aufmerksamkeit auf sich zieht", sagte Nina.

„Ach, mir ist eher nach Urlaub zumute."

„Fein. Ich bin dabei. Wohin fahren wir?"

„Wie wäre es mit Kreta?" schlug die Schwarze Witwe vor. „Ich kenne da ein kleines Dorf, in dem meine Freundin Maria seit vielen Jahren wohnt. Die könnten wir doch mal besuchen."

„Abgemacht", sagte Nina und rollte auf Bauer Einfalts Hof. „Jetzt aber erst einmal her mit den Ziegen. Ich habe so richtig Bock auf sie."

Offensive Krimis auf einen Blick

Angelika Aliti

Die Sau ruft
ISBN 3-88104-297-0

Kein Bock auf Ziegen
ISBN 3-88104-310-1

Kate Calloway

Erster Eindruck
ISBN 3-88104-292-X

Zweite Geige
ISBN 3-88104-299-7

Dritter Grad
ISBN 3-88104-304-7

Penny Mickelbury

Nachtgesänge
ISBN 3-88104-270-9

Schattenliebe
ISBN 3-88104-258-X

Lauren Wright Douglas

Lavendelbucht
ISBN 3-88104-291-1

Die Wut der Mädchen
ISBN 3-88104-263-6

Jahrmarkt des Bösen
ISBN 3-88104-250-4

Herz der Tigerin
ISBN 3-88104-236-9

Lisa Haddock

Finaler Schnitt
ISBN 3-88-104-285-7

Falsche Korrektur
ISBN 3-88104-278-4

Karen Saum

Panama Connection
ISBN 3-88104-230-X

Mord ist relativ
ISBN 3-88104-209-1

Verlag Frauenoffensive

Offensive Krimis auf einen Blick

Shirley Seul
Kopflos
ISBN 3-88104-311-X

Janet McClellan
Kansas City-Bomber
ISBN 3-88104-305-5

Claire McNab
Kettenbrief
ISBN 3-88104-309-8
Geheimer Kreis
ISBN 3-88104-290-3
Marquis läßt grüßen
ISBN 3-88104-277-6
Bodyguard
ISBN 3-88104-264-4
Das Ende vom Lied
ISBN 3-88104-242-3
Ausradiert
ISBN 3-88104-217-2
Tod in Australien
ISBN 3-88104-214-8

Kitty Fitzgerald
Die Frau gegenüber
ISBN 3-88104-222-9

Ellen Hart
Höflicher Beifall
ISBN 3-88104-298-9
Kleine Opfer
ISBN 3-88104-272-5
Tödliche Medizin
ISBN 3-88104-257-1
Lampenfieber
ISBN 3-88104-243-1
Winterlügen
ISBN 3-88104-237-7
Dünnes Eis
ISBN 3-88104-229-6

Verlag Frauenoffensive